逆井卓馬 Author: TAKUMA SAKAI
[插畫] 遠坂あさぎ illustrator: ASAGI TOHSAKA

Heat the pig liver (第2次)

the story of a man turned into a pig.

豬肝記得煮熟再吃

——不過，我還真是羨慕呢。
（呃，羨慕什麼呢？）
——就是蘿莉波先生那個
「四眼田雞瘦皮猴混帳處男」的別稱。
（那是在我這麼自稱時不小心固定下來，
非常不光彩的別稱耶……
你究竟是羨慕哪一點呢？）
——不，能夠被純真的女孩子們
稱呼混帳處男這種事，
非常難得不是嗎？
豬 [NAME]
profile
四眼田雞瘦皮猴混帳處男。
網路暱稱是蘿莉波克。
羅西 [NAME]
profile
變態狗。
[NAME] 黑豬
profile
豬在網聚認識的
阿宅朋友。
網路暱稱是薩農。

「那個，被女性
稱呼為混帳處男，
會有什麼好事嗎……？」
（這世界上也有被女孩子咒罵
會感到興奮的阿宅啊。）
[NAME] 瑟蕾絲
profile
住在巴普薩斯的
十三歲耶穌瑪。

今天預定
要學火焰魔法……
但我是第一次使用危險的魔法，
所以有一點緊張。
潔絲 [NAME]
profile
豬真心愛上的少女。
目前在王都生活，
學習魔法。

鬥技場上有三隻
露出獠牙低吼的獅子。
——在獵人面前，
野獸不過是堆肉塊。

[NAME] 諾特

profile

解放軍的領導者。
被北部勢力拘禁。

無自覺打到頂傷系的
開掛魔法使，
潔絲爆誕！

「……對不起，我還不太習慣……」
（不，沒關係啦……
但這魔法的威力太奇怪了吧。）
「……是威力太弱的意思嗎？」
（妳怎麼講了好像
異世界故事的主角會說的話啊。）
……我差點就變成烤豬了。

[NAME] 修拉維斯
profile
伊維斯的孫子。
雖然名義上是
潔絲的未婚夫……
維絲 [NAME]
profile
修拉維斯的母親。
負責指導潔絲。
[NAME] 伊維斯
profile
統治梅斯特利亞的國王。
被稱為最偉大的魔法使。

Heat the pig liver

the story of a man turned into a pig.

豬肝記得煮熟再吃

(第2次)

逆井卓馬

Author: TAKUMA SAKAI

[插畫] 遠坂あさぎ

illustrator: ASAGI TOHSAKA

Kadokawa Fantastic Novels

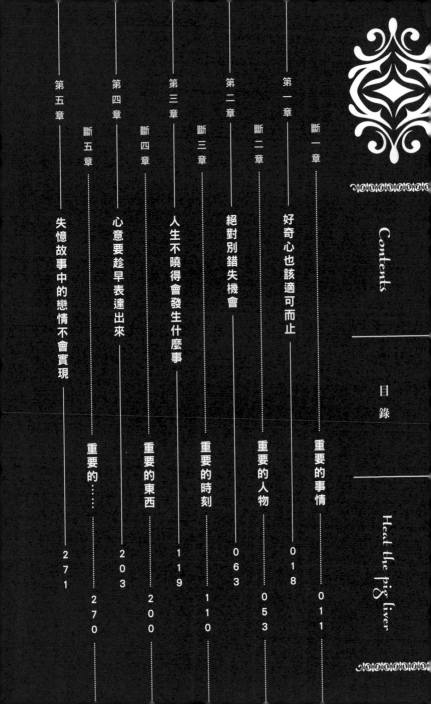

Contents

目錄

Heat the pig liver

斷一章　重要的事情

有時會忽然想起自己有什麼想不起來的事情。

例如在眺望遠方的山嶺時，或者在抬頭仰望夜空時。

有時會想起自己曾經擁有無可取代的事物，眼淚彷彿要奪眶而出。

但是，究竟是什麼在折磨著我呢？就連我自己也不曉得。

夾著書籤的頁面黏在一起，無法打開。

我回應敲門聲，於是維絲小姐走進房間。她的金色長髮彷彿靜謐的水流般晃蕩。她是一位高挑苗條、氣質高雅，非常美麗的女性。自從我來到王都之後，她便擔任我的教師。

今天預定要學火焰魔法……但我是第一次使用危險的魔法，所以有一點緊張。

我在窗邊面對書桌坐著，翻開基礎魔術書。窗戶的另一頭是灰濛濛的陰天。在底下可以看見陰暗的森林。這裡是王都將近最上層——國王與他的親人生活的宮殿。但現在幾乎大部分的時間，都只有我與維絲小姐在這裡度過。

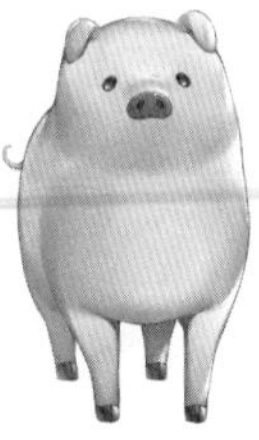

因為男性正為了與北部勢力的戰鬥，以及其準備而四處奔波。

維絲小姐坐到我身旁後，立刻向我提出問題：

「那麼，讓我聽聽妳怎麼說。所謂的火焰是指什麼？」

課程總是從提問開始。

「呃……是指溫暖且明亮的東西。」

「那麼，只要創造出溫暖且明亮的東西，就會成為火焰嗎？」

既然她會這麼問我，便表示並非那麼回事。

「……不，必須有什麼可燃的東西才行。將可燃的東西在空氣中加熱的話，就會著火。」

維絲小姐像是感到佩服似的挑起眉毛。

「說得沒錯。要生火的話，當然必須準備可燃的東西。那麼，該點燃什麼才好呢？」

「例如木柴……嗎？」

「妳能夠創造出木柴嗎？」

「不能……」

我目前只能創造出簡單的東西。說是簡單的東西，也不過是水或空氣之類的……該怎麼說呢，真的都是些簡單的東西。

「那麼，來思考看看妳能創造出什麼吧。」

「雖然還沒有創造過，但我說不定能製造出油。」

「因為妳已經學會創造水的方式嗎？」

她會向我確認答案的理由，便表示這個答案是錯的吧。我做好被反駁想法太天真的覺悟，老實地點了點頭。

「對……沒錯。因為我覺得油跟水很類似……」

「妳想得太簡單了喔。油的構造非常複雜。要創造複雜的東西，需要足夠的知識、接觸過那東西本身的經驗，以及豐富的想像力。但方針算是正確的吧。今天先從創造可燃物開始。」

維絲小姐纖細的手指在桌子上描繪圓形，樸素的玻璃器皿隨即在那個地方出現。她的手緩緩抬起，與此同時，透明的液體從器皿底部湧現出來。

「來。請妳試著聞一下。」

我照她所說的，試著將鼻子湊近玻璃杯。瞬間有種甜膩且銳利的刺激充滿鼻腔，讓我不小心嗆到了。

「這是……什麼呢？」

維絲小姐像在惡作劇似的露出微笑，豎起食指。

「請妳猜猜看。妳應該喝過含有這個的東西喔。」

「您說這個嗎……？」

我完全沒有頭緒。這種危險的東西是能夠飲用的嗎？

就在我感到苦惱時，維絲小姐開口說道：

「是酒喔。」

「呃……是這樣沒錯呢。」

「怎麼了嗎？」

「沒什麼。因為我以為自己沒喝過酒……」

我的回答讓維絲小姐略微移動了一下頭部。她看起來像是稍微動搖了。不過，魔法使精通不讓人感應到心聲的方法，我也無法推測出她正在想些什麼。

但是——我這麼心想。

該不會我其實曾經喝過酒吧？

雖然喝過，卻忘了有這回事——會不會只是這樣而已呢？

我會這麼認為是有原因的。

因為這個梅斯特利亞的國王伊維斯大人封印了我的記憶，所以我完全無法想起自從離開一直以侍女身分服侍的基爾多林家後，到進入這個王都為止的事情。聽說會封印記憶是有正當的「理由」。但我果然還是會在意自己究竟想不起什麼事情。說不定是我遇到了別回想起來比較好的難受事情。然而……

維絲小姐是感受到了我的想法嗎？她咳了兩聲清喉嚨。

「總之，這就是讓酒變成是酒，叫做『酒氣』的東西。而且這種液體相當容易蒸發，又易燃。」

維絲小姐將她美麗的手指一指過去，橙色火焰便開始在玻璃器皿上搖晃起來。

「今天能做到這種程度的話，便十分優秀了。假如還有餘力，就試著改變創造物吧。如此一來，燃燒方式應當也會隨著改變。」

「燃燒方式嗎？」

「沒錯。酒氣元素一如魔術書上的內容，可以分成『水的部分』與『油的部分』。只要減少油的部分，就會變成更接近水的物質，燃燒的火焰會變成暗藍色；另一方面，倘若增加油的部分，也能製造出燃燒得更加熾烈的火焰喔。」

光是聆聽她的說明，便讓我躍躍欲試。

因為，是火焰喔！

維絲小姐笑著對我說道：

「那麼潔絲，在這裡把書大略看過後，移動到實驗室吧。」

我壓抑迫不及待的心情，開始瀏覽書本內容。

正當我窩在實驗室裡，研究創造油的技術時，從外面走廊傳來砰咚的巨大聲響。似乎是有誰在附近關上了門。

我看向牆上的時鐘。已經是二時刻，早就換日而且夜深了。都這麼晚了，是哪一位來訪了呢？

我來到昏暗的走廊，可以看見附近有個人影正靠在石牆上。那人看起來像是受傷了，或是相當不舒服的樣子。我飛奔到那人身旁，吃了一驚。

「伊維斯大人！」

他的白髮與白鬍鬚被泥土弄髒，蒼白的臉龐格外醒目。梅斯特利亞的國王身穿沾滿泥巴的黑色長袍，看起來像是用顫抖的手腳勉強支撐著身體。

寄宿著賢者光芒的灰色雙眸，看向呆站在原地的我。

「怎麼了啊，潔絲，妳臉上都是煤煙不是嗎？」

那是讓人感覺他比平常更蒼老的沙啞聲音。

「對……對不起，我正在做實驗……」

脫口說了這種話後，我才想到擔心的方向應該反過來。

「我才想請問伊維斯大人您是怎麼了呢？」

伊維斯大人調整姿勢。他的右手相當不自然地染成了黑色。奇妙的網眼圖案覆蓋著他的皮膚。

「我似乎栽跟頭了。我受到了詛咒。」

「詛咒？究竟是被誰……」

在梅斯特利亞能夠行使詛咒的人——也就是魔法使，照理說只有王族。

「不曉得。但事態相當嚴重。因為對我們抱持著明確殺意的魔法使，在某處開始活動起來了啊。是我們完全不清楚的魔法使——暗中活躍的術師。」

第一章　好奇心也該適可而止

應該沒有像把阿宅的網聚寫成文字這麼無謂的作業了，所以我決定簡潔地總結至今為止的來龍去脈。

我在劍與魔法的國度梅斯特利亞變成一隻豬，與天使般的金髮美少女潔絲一起以王都為目標展開嚄嚄的大冒險，冒險結束後，儘管感到依依不捨，我仍跟潔絲離別，回到現代日本。

返回日本的我恢復成一個普通的阿宅，甚至開始覺得梅斯特利亞和潔絲的事情大概都是一場夢。

但是，那絕對不是我在作夢。

因為我遇到了三個眼鏡阿宅，據說他們跟我同樣有轉移到梅斯特利亞，變成一隻豬的經驗。

因為阿宅的壞習慣，我們不是用本名，而是以網路暱稱互相稱呼。

姑且也向諸位先介紹一下吧。

一個是機械系工程師薩農。他是個年過三十的鬍子男，特別喜歡有小女孩登場的動畫，是個善良的變態阿宅。

另一個是就讀著名私立男子高中的兼人。他原本的網路暱稱是†飛舞於終焉的暗黑騎士†

keNto，但關於這點先別深究吧。倘若扣掉他纏繞著從網路暱稱也飄散出來的獨特氛圍這件事，他是個極為普通的正經阿宅。

最後一個是女子醫大生冰毒。關於這個感覺不太妙的名字現在也先別追究，總之她是個喜歡手遊且笑口常開，像個公主的阿宅。

附帶一提，我的網路暱稱是蘿莉波克（Pork）。要是招致誤會就不好了，所以我想在這邊先好好解釋一下這個名字的由來。我既不是幼女也不是豬肉，只是個微不足道的理系大學生。我將自己在梅斯特利亞的嘎嘎大冒險編寫成有點色色的異世界打情罵俏奇幻小說並放到網路上公開時，以此為契機把Twitter的帳戶名稱改成了「瘦弱無力的波克」，但這名稱不知不覺間縮短起來，我開始被人稱為「蘿莉（弱力）波克」。現在連那個稱呼都變得更簡略，「蘿莉波」這個神祕的簡稱逐漸滲透到讀者之間。

然後，關於那個有一點色色的異世界打情罵俏奇幻故事，在得知梅斯特利亞的事情似乎是千真萬確的現在，一方面也是為了守住王朝的祕密，我將小說在網路上設定成不公開。我當作最後的祭奠，試著投稿了某個新人賞，但標題實在過於古怪，大概不可能得獎吧。

不小心離題了。

薩農無法忘記在梅斯特利亞的體驗，他靠著驚人的搜尋能力與百匯之力召集同類，四個眼鏡阿宅便像這樣齊聚一堂了。我們好幾次開會討論，擬定再度轉移到梅斯特利亞的計畫。

今天正是那個再度轉移計畫的實行日。

……你問要怎麼再度轉移？哎呀諸位，別著急。

眼鏡阿宅集結了知識與智慧，推斷出轉移到梅斯特利亞的原則，並制定了利用那原則的計畫。

追根究柢，可以認為是以我為開端開始發生阿宅的轉移現象。我的意識飛到梅斯特利亞的時候，似乎留下了什麼「魔法的痕跡」。那之後開始發生了離奇的現象——只要有具備書呆子氣質的眼鏡阿宅在我因腹痛而倒下的車站周遭昏迷過去，對方的意識便會附身到梅斯特利亞的豬身上。結果就是冰毒、薩農、兼人的轉移。三人因為豬的死亡，回到了現代日本。

嗯，簡單來說，只要我們在那個車站周遭再次昏倒，說不定意識便會轉移到梅斯特利亞！

預定步驟是這樣：

冰毒的父親擁有一間其實就蓋在那個車站附近的大醫院。我們這群人上次轉移時，都被送到那間醫院住院了。我們要利用這點。

這次我們不擇手段。由冰毒威脅父親，讓他針對跟自己同樣失去意識後便一直昏迷不醒，期間漫長到異常的患者們重新進行檢查。除了冰毒以外的三人便能以這個名目獲得病床。然後冰毒使用薩農透過可疑的管道入手，如假包換的電擊棒讓我們確實地昏倒過去。倘若我們順利轉移到梅斯特利亞，沒有醒來的話，冰毒的爸比會負起責任照顧我們。這便是我們打的算盤。

附帶一提，冰毒似乎在我食物中毒後沒多久就轉移到了梅斯特利亞，但她在那裡沒有什麼美好的回憶，加上她不想離開患有難治疾病，前途未卜的妹妹身邊，所以她不會參加這次的再度轉移。但她贊同了這個實在過於亂來的計畫，願意成為我們計畫的中樞。是個關鍵人物。

「蘿莉波先生，準備好了嗎？」

戴上橡膠手套且拿著電擊棒的冰毒，俯視躺在床上的我。短鮑伯頭配上紅框眼鏡，看來很溫柔的表情。與她接下來要做的行為實在太不搭了。

「拜託妳了。」

我緊緊地閉上雙眼，將側頭部壓到枕頭上，內心只想著一件事情。

——潔絲。

能見到她嗎？

在我之後轉移到梅斯特利亞的三人，據說沒有任何人看到潔絲，而且也沒聽說她的消息。這也難怪吧，因為潔絲人在被封閉的王都裡。她應該正以國王親屬的身分，重新展開幸福的人生才對。

有道陰影落到眼皮上，視野變得更加黑暗。可以感受到有什麼東西頂住脖子後面。

潔絲。

我可以見妳嗎？

像我這種四眼田雞瘦皮猴混帳處男，可以再次深入那般完美的少女的人生中嗎……

「不行……」

可以聽見講著梅斯特利亞語言的少女聲音。

我醒了過來。疼痛只有一瞬間。我一邊心想這裡是哪裡，一邊環顧周圍。

昏暗的空間。臉頰上有泥巴的感觸。我吸了口氣，豬圈牌的香味頓時撫摸過嗅上皮。這也就是說……

「不可以，你這樣舔的話，我會變得黏答答……」

我聽著從乾草堆另一頭發出來的聲音，同時站了起來。我看向腳邊，裂成兩半的粉紅色豬蹄映入眼簾。令人懷念的感覺。

雖然這種描述可以成立實在是件奇妙的事情，但我順利變成了一隻豬。間隔三個月。我成功地再度在梅斯特利亞變成豬了。無論是色覺或身體的感覺，都像潔絲幫我治療後一樣適應得很好。潔絲的魔法確實地在持續著。

我朝著聲音傳來的方向，用四隻腳踢達踢達地走過去，首先看見了大隻的黑豬。穿著深褐色連身裙的纖瘦少女一屁股坐在乾草上，黑豬彷彿狗一般舔著少女的臉頰。

「啊……好癢……脖子不可以……呀啊……」

「齁齁……」

豬與少女互相嬉鬧的聲音迴盪在豬圈中。

呃——？這是什麼狀況？我被迫看了什麼東西啊？

變成黑豬獵物的少女猛然看向這邊。剪短的金髮、纖細的脖子、小巧的臉蛋與大大的雙眼、右眼角有顆愛哭痣，還有在脖子上發出暗淡光芒的銀製項圈。

「齁！」

我試圖說話，於是發出宛如阿宅般的聲音。對喔——我都忘了。

（……妳是瑟蕾絲沒錯吧。）

為了表示這句話是臺詞，我在腦內加上括號，一言不發地傳達給她。對方跟潔絲同樣是耶穌瑪——是能夠不依靠口說或耳聽，直接讓心靈相通的「種族」的少女。她服侍著一位經營旅店的阿姨，那間旅店就位於我在旅途中落腳的第一個村莊。

因為豬的唾液弄濕了臉頰的瑟蕾絲——給人懦弱印象的少女，看來有一點驚訝的樣子。黑豬瞬間像洩氣的皮球一樣安分了下來。

瑟蕾絲總算開口說道：

「呃……您是那時的……」

（對。）

「**混帳處男**先生，沒錯吧。」

…………

嗯，她也沒說錯，就原諒她吧。

（正是如此。我便是之前跟潔絲在一起的四眼田雞瘦皮猴混帳處男。好久不見啦。）

一直窺探著這邊情況的黑豬，將頭轉向瑟蕾絲那邊。瑟蕾絲對黑豬點了點頭。

「是的。那邊的豬先生也是……對，好像是。」

黑豬半張著嘴，明顯地露出「糟了」這種感覺的表情。原來如此。

（瑟蕾絲，抱歉才匆匆打過招呼就有事要麻煩妳，但妳可以幫忙轉播嗎？我想跟那隻黑豬聊聊。）

耶穌瑪也能像路由器一樣轉播內心的聲音。所以即使有兩個人都變成只會說「齁」的豬，只要有耶穌瑪在便能夠溝通。

「呃……我知道了。」

瑟蕾絲對著我點了點頭。我筆直地看著突然不動的黑豬，直截了當地問道：

（薩農先生為什麼全神貫注地舔著十三歲的女孩子？）

…………

黑豬沒有回答。

（你是薩農先生對吧。就算你假裝自己是豬，我也看得出來啦。）

——不……不是嚄嚄……

腦內響起了大叔的聲音。可以確定他有罪了。

（哪裡不是了嚄嚄。）

——不，那個，是誤會啦。這是一場意外。

黑豬一邊做出可疑的舉動，一邊這麼向我訴說。

（能請你說明一下哪邊是意外嗎？）

——我不是故意的。只是舌頭稍微不小心碰到了而已，我並沒有全神貫注地在舔……稍微不小心就把少女的臉龐舔得黏答答的事情，當真會發生嗎？

（無論怎麼看，都不是不小心的程度吧。）

我看向瑟蕾絲。她纖細的短髮因為豬的唾液而黏貼在臉上。瑟蕾絲露出為難的表情，「欸嘿」地笑了笑。

——這是那個啦。喏，就是那個，不小心因為豬的習性……

這個好像在哪裡聽過的藉口讓我感到傻眼，放棄了反駁。

（雖然有很多話想講……但看來我們似乎順利來到梅斯特利亞了呢。）

我這麼傳達，於是黑豬的耳朵抽動起來。

——說得也是呢……哎呀，我還以為蘿莉波先生會到潔絲妹咩那邊去……

開始語無倫次的黑豬——薩農。

據說這個混帳蘿莉控以前是轉移到瑟蕾絲身邊。因為他這次轉移後到的地方也有瑟蕾絲在，所以認為上次轉移到潔絲身邊的我會到潔絲那邊去，這種想法很自然吧。不知何故連我都來到瑟蕾絲身邊的這種事態，出乎他的意料。

這點對我而言，當然也是出乎意料。

我並沒有轉移到潔絲身邊。我還無法見到潔絲……

不過，這也沒辦法吧。我會再度來到這裡，並不是為了全神貫注地舔潔絲妹咩。當然，也不是為了舔瑟蕾絲妹咩。我是因為在這個梅斯特利亞還有沒做完的事情，才回到這裡來的。

根據在日本舉辦網聚時一邊吃百匯一邊從薩農他們那裡聽說的消息，自從我離開之後，梅斯特利亞的情勢風雲變色，這塊土地陷入前所未有的混亂。然後在這當中，為了拯救被迫背負殘酷命運的耶穌瑪們，有一名英雄挺身而出。

這位英雄不是別人，正是型男獵人諾特。

我們是為了協助諾特、拯救耶穌瑪少女們才來到這裡的。

所以我並不是為了跟潔絲展開打情罵俏奇幻故事才回來這裡。我說真的。諸位願意相信我吧？有誰會盼望跟含淚道別的金髮美少女再次打情罵俏這種事呢？又不是動了真情的阿宅。假如能見到就算幸運——只是這種程度的認知罷了。不過，運氣好的話，也可能會在這個國家的某處再次相逢吧。

我感受到視線，轉頭一看，可以發現瑟蕾絲目不轉睛地看著我。昏暗豬圈的空氣沉悶地停滯不動。

這時的我還不曉得要與潔絲重逢的路程將會多麼蜿蜒曲折。

我一隻一隻地確認過其他豬隻，卻沒找到理應跟我們一起轉移過來的兼人。雖然擔心他不知上哪去了，但我們首先得擔心自己才行。能讓認識的瑟蕾絲撿到是很好，但我們兩隻豬醒來的地方，是我跟瑟蕾絲首次相遇的村莊——巴普薩斯。這是悄悄佇立在南部森林裡的平靜村莊，所在地點距離梅斯特利亞的前台相當遙遠。別說是潔絲了，現在連諾特也不在這裡。

我們借助瑟蕾絲之力，首先以與諾特會合為目標。那就是我們該做的事情。

……不，在那之前，還有其他事情必須先做才行。我們兩隻豬沾滿泥巴。雖說我們是豬，但要跟美少女進行肢體接觸，作為最低限度的禮儀，必須盡可能讓身體保持清潔才行。

因此我們決定請瑟蕾絲帶我們到小河沖涼。梅斯特利亞的季節正值秋天。野草枯萎變成黃金色，沐浴著午後的陽光閃閃發亮。

潔絲跟我到達王都是三個月前，綠意盎然的夏日時節。

據說那一天在圍繞著王都的針之森與我們分別的諾特，順利擊斃了跟他有深仇大恨的壯漢。

「但諾特先生沒有立刻回來。」

瑟蕾絲只有腳踏入河裡，她用手掬起水，仔細地清洗著脖子，同時說道：

「聽說他在回到這邊的旅途中，遭到刺客先生們襲擊的樣子……」

我們一邊沖涼，一邊討論關於梅斯特利亞的現況。

（諾特殺掉的壯漢——那傢伙似乎是黑社會的重要人物啊。）

「是的。聽說他是王朝也盯上的黑社會頭目，被稱為『大卸八塊的閻王』，是個非常有影響力的人。所以諾特先生才會陷入被黑社會的人們追殺的困境。」

她還真清楚啊——我這麼心想。

黑豬薩農一邊嘩啦嘩啦地用河水沖涼，同時向我們傳達：

——阿諾一邊閃避惡棍們糾纏不休的追蹤，一邊持續逃亡著。但他並非只是逃跑而已。在逃亡之旅的期間，他招集憎恨耶穌瑪狩獵者的同伴，有時還與追兵戰鬥……他跨越好幾次死鬥，不到一個月，便成為了無人不知、無人不曉的英雄。

諾特對暗殺者的戰鬥波及到周圍，讓情勢急遽惡化。

回到日本的我致力於阿宅活動時，那個型男在我看不見的地方完成了非常了不得的壯舉。為什麼會產生這樣的差距呢？傲慢、環境差異……

（諾特是在那之後組成了所謂的「解放軍」對吧。）

我這麼詢問，於是瑟蕾絲點了點頭。

「在雙方勢均力敵，情況暫且穩定下來時，諾特先生總算回到了這一帶。但在這段期間，黑社會的行動也愈來愈激進……諾特先生為了對抗他們而創立的組織，就是解放軍。」

少年的僅僅一記攻擊，有時也會發展成將整個國家捲入的巨大紛爭。

是因為有企圖殺掉諾特而集結起來的黑社會勢力興起嗎？在早已成為惡棍們溫床的北部地區，叫做亞羅根的寶石商人自稱「新王」，宣言要從王朝的支配中獨立。北部地區如今已經被由黑社會的惡棍們組成的「北部勢力」所支配。

諾特這邊也因為受到同伴們的鼓吹和民眾的支持，組成為了耶穌瑪而戰的「解放軍」。結果變成了在梅斯特利亞有「王朝」、「北部勢力」、「解放軍」這三種勢力互相牽制，形成三足鼎立的狀態。

（然後薩農先生在這時來到這世界。）

黑豬面向這邊。

——對。我因為過勞倒下，醒來時就在宛如天使般的蘿——女孩子身邊變成了豬。那便是我跟**瑟蕾妹咩**的相遇。對吧？

黑豬將身體湊過去，於是瑟蕾絲靦腆地撫摸黑豬。黑豬的尾巴因歡喜而舞動起來。

「是的。薩農先生答應我的任性要求，陪我一起到諾特先生——不，是解放軍那邊。之後我們暫時作為解放軍的一員行動。」

那時候的事情我常聽薩農提起。薩農徹底活用灰色腦細胞，作為解放軍的參謀支持諾特——當然，從他對瑟蕾絲堪稱異常的愛情表現來看，他不光是靠頭腦活躍，感覺肯定也盡情享受了跟年齡不到他一半的少女一起度過的異世界生活吧……

不過薩農的活躍不到一個月就結束了。

（在這當中，發生了岩地之戰對吧。）

瑟蕾絲露出黯淡的表情垂下頭。

「是的。解放軍在與北部勢力的戰爭中落敗，大家都分散各地了。」

她的雙眼緩緩看向黑豬那邊。

「我還以為薩農先生也在岩地之戰中過世了……」

——豬的確是死了，但只有我的意識成功地像這樣回到梅斯特利亞來。無論這個身體死亡幾次，我的靈魂永遠都會追隨著瑟蕾妹咩，所以沒問題的！

黑豬抖動身體，甩掉身上的水。總覺得好像不是沒問題。

不過算了。拉回正題吧。

（噯，瑟蕾絲，諾特是在那場岩地之戰中被抓走的對吧。）

我這麼詢問，於是瑟蕾絲緩緩點了點頭。

「是的。諾特先生現在變成北部勢力的俘虜……聽說他在鬥技場被迫當劍鬥士。」

跟飛舞於終焉的暗黑——更正，跟兼人的說明一樣。

兼人似乎是在薩農返回日本後，寄宿到北部王城附近，名叫奴莉絲的耶穌瑪飼養的豬隻身體上。正當諾特變成供人觀賞的奴隸，生命遭人玩弄時，北部王城企圖徵召奴莉絲，飛舞於終焉的暗黑騎士挺身反抗，結果慘遭殺害，返回了日本。

然後他遇見了薩農和我，告訴了我們關於北部的情況。雖然目前下落不明，但他跟我們一起嘗試了轉移，說不定他人就在這個梅斯特利亞的某處。

結束沖涼後，原本渾身泥巴的我們變得乾乾淨淨，從河川爬上岸，靠蘊含著略微甘甜的森林香氣的秋風吹乾身體。

瑟蕾絲輕輕地坐到河灘的石頭上，看著北方天空，讓風濕潤了眼眸。我瞥了一眼或許是因為從社畜業（註：「社畜」一詞是日本人用來自嘲或揶揄上班族就像被公司飼養的家畜一樣）獲得解脫的喜悅而天真無邪地追逐著蝴蝶的黑豬，靠近瑟蕾絲身旁。

（瑟蕾絲……抱歉啊。都是因為我帶諾特離開，才會演變成這種局面……）

對於我的謝罪，瑟蕾絲像是早已放棄似的緩緩搖了搖頭。

「不是豬先生的錯。諾特先生原本便是一直夢想著像這樣改變梅斯特利亞的人。他遲早都會啟程，這是命中注定的事。」

瑟蕾絲謹慎地看向我。

「那個……」

（怎麼了？）

「潔絲小姐過得還好嗎？」

（嗯，多虧了諾特，我們平安到達了王都。潔絲應該在那裡過得很幸福。）

不知何故，我沒什麼心情說太多。我……我才不是因為沒能跟潔絲見面，大受打擊什麼的，才不是那樣子喔。

「啊……對不起！那個，你不想說的事情，可以不用說沒關係。」

被她看透我的內心獨白了！這麼說來，這裡就是這樣的世界啊。

（妳不用顧慮我沒關係啦……對了，我已經掌握到進入王都的訣竅，等瑟蕾絲滿十六歲時，我來幫忙妳赴都吧。）

「前往王都……說得也是呢，有**混帳處男**先生陪同的話，感覺安心不少。」

那個稱呼方式已經固定下來了嗎……？正當我這麼心想時，黑豬突然靠近過來，以驚人的氣勢從鼻子發出呼齁聲。

——不對，瑟蕾絲妹咩預定要跟我和阿諾一起生活耶？？？

（是喔……嗯，那就好……）

雖然薩農在很多地方有點那個，但他是個秉持著正派哲學的善良大叔，頭腦也非常聰明。既然他這麼說，瑟蕾絲交給他照顧或許也不錯。

因為我有其他——

——我們接下來該做的事情只有一件。蘿莉波先生也明白的吧。

薩農的聲音在腦內響起，讓我猛然醒悟。他是否察覺到了我內心的迷惘呢？

我堅定地點了點頭，甩開邪念。

就像我上次轉移到潔絲身邊是有充分的理由一樣，這次我轉移到瑟蕾絲身邊而非潔絲那裡，一定也有理由。現在最需要幫助的人不是潔絲，而是在北部變成劍鬥士，生命遭人玩弄的諾特；是心上人被混帳豬拉攏，以結果來說與心上人失散的瑟蕾絲。

（當然。跟瑟蕾絲一起去救出諾特吧。）

***

一抬起眼皮，正午的陽光便灼燒著眼睛。

鋪沙的舞臺實在過於遼闊。多達數千人的殘酷觀眾正坐在斜坡狀的石造觀眾席上。一望無際的藍天。正面是——太好了，今天不是人類。三隻露出獠牙低吼的獅子，被鎖鏈繫住在等候著。

雖然收拾得很乾淨，但這裡每天都會出現死者。木製舞臺上乾燥的沙子是清理完畢後重新鋪上的。被丟棄的沙子則滲透了滿滿的鮮血。

我在乾燥的廣場上與獅子們面對面。低沉的鐘聲響起，傳來鎖鏈被解開的聲響。震耳欲聾的吶喊聲包圍鬥技場。這是怒吼，還是歡呼呢？

左手不動。我用右手握住雙劍的其中一把，擺出迎戰態勢。

在獵人面前，野獸不過是堆肉塊。

「果然厲害啊！你太帥啦，師父！」

從鍍金牢籠的另一頭笑著向這邊搭話的，是十四歲的開朗少年，名叫巴特。面對不知何時會死掉的囚犯，他喜不自禁似的送上「飼料」。今天是一堆殼的雜穀塊。我一言不發地抓住那飼料，大口咬下。我已經一天沒吃飯了。

「你被踩住的時候，我以為即使是師父，這下也完蛋了吧。但是！想不到你夾在腋下的劍竟然會刺向獅子的腳！這表示你早就看透了對方的動作吧？那招讓我不禁覺得噁心喔。」

他是個話匣子，像幼犬一樣的傢伙。據說在鬥技場的地下給予囚犯們飼料，便是這傢伙的工作。他似乎很中意我，常常向我搭話。因為沒有其他聊天對象，以我的立場來說，也不覺得困擾。我吞下雜穀，穀殼的刺劃過喉嚨。

「能夠看穿野獸的動作到什麼程度，關係到獵人的本領。為此盡可能地去應付更多種類的野獸，累積大量經驗是很重要的。你想獨當一面的話，至少要記住這點啊。」

巴特的雙眼閃閃發亮。

「原來如此啊，師父果然很厲害啊。」

一成不變的回答。真懷疑他對我的建議到底理解了多少。他似乎跟瑟蕾絲差不多年齡，但以這個年紀來說，感覺還是女性比較深思熟慮。

「你快點回去工作吧。一直在這個牢籠周圍囉哩囉唆的話，會遭到莫須有的懷疑喔。」

「好！明天再見啦，師父！」

巴特露齒一笑，像兔子似的跳著消失到黑暗中。我再次被拉回一片漆黑的孤獨裡頭。

鬥技場的地下。跟我一樣的奴隸們被監禁在這裡，直到死亡。太陽的光芒不會照射進來，老鼠在冰冷又潮濕的地面上往來交錯，唯有通道上的提燈散發亮光。告知時間的頂多只有將奴隸帶到舞臺上的獄警氣息，以及從上方迴盪過來的觀眾喧鬧聲。由木材、石頭、泥土與鋼鐵點綴的陰暗且潮濕的空間。只不過唯獨我的牢籠是用諷刺的金色裝飾著。不知何故，我似乎受到特別待遇的樣子。

巴特消失了，飼料也吃完了。我無事可做，眼皮垂落而下。

「起來。」

正當我躺在地板上打瞌睡時，傳來一個低沉的女人聲音。我一邊甩落卡在手臂上的小石頭，同時定睛凝視黑暗，看向牢籠外面。

是個金色長髮的少女，大概十五、六歲吧，身上穿著有些髒的破布，纖瘦的手腳與滿是雀斑的臉頰，搭配著不帶感情的眼神。銀製項圈。是耶穌瑪。

「……有什麼事？」

「有人命令我將你帶走。」

「誰命令的？」

「是新王。」

「王？」

「沒錯。」

「妳是誰，為何亞羅根會找我？」

「我名叫奴莉絲，是在這座鬥技場工作的耶穌瑪之一。我只是碰巧被命令做事，所以不曉得新王的意圖。」

她以冷淡的語調毫無感情地淡然說道。看來似乎不是謊言。

奴莉絲將黃色立斯塔嵌入早已生鏽，看來頗重的鎖鏈桎梏裡，從牢籠縫隙間丟向這邊。桎梏滑溜地爬過地板，精準地束縛住坐在地上的我的手腳。

「我帶你到王城。」

奴莉絲用跟桎梏繫在一起的鑰匙打開牢籠的鎖，這麼說了。

我拖著鎖鏈沿著昏暗的道路前進，就這樣被迫搭上馬車。北部的街道行人很少，感覺有些鬱悶。從鐵柵欄的窗戶能看見的人家，原本應該是柔和色彩的灰泥脫落下來，裸露出土色的牆壁。奴莉絲坐在我的對面，她依舊面無表情地將那張雀斑臉面向窗戶，一言不發地眺望著外頭的景色。這不是什麼愉快的工作吧。

沒多久可以看見北部的王城。地蜘蛛城，是位於禿山高地的堅固石造城堡，用木材與黏土擴建得能看見的歪塔雜亂無章地並排著。馬車爬上禿山後，鑽過漆黑的大門，進入王城裡。從馬車上被拉下來的我，在奴莉絲的帶領下沿著迴廊前進，於巨大的鐵門前停下腳步。

「我的工作就到這邊。」

奴莉絲在形式上這麼說道，閃避到旁邊。

門打開了。兩個獄警戴著覆蓋住臉龐的皮革面具，將我帶到裡面。

「頭抬起來。」

傳來一個沙啞的聲音，我看向那邊。

一個瘦弱到病態的男人坐在石頭寶座上。灰色的乾燥皮膚、凹陷下去而看不見的眼睛、彷彿要卡進太陽穴一般的銀王冠。那外表就像是硬要讓木乃伊穿上禮服一般。

「你應當在痛苦中死去才對。但比想像中還要頑強啊。你還活著。」

「礙到你了嗎。」

「怎麼會呢。不過是你死亡前的痛苦延長罷了。」

彷彿抽搐又像不停咳嗽般的不快笑聲，晃動新王亞羅根的肩膀。

「不過，也不會一直這樣下去吧。從你來到這裡後正好經過了一個月。我並不是希望你成為鬥技場的英雄。」

「你想怎麼樣？」

我這麼說道，於是亞羅根用手上拿的長杖指了指旁邊。

只見門扉打開，可以看見隔壁房間。那裡放著一張滿是突起物，奇妙地往後仰的椅子。拷問椅。這是藉由拘束具將人類固定住，以物理形狀與立斯塔的魔力，在不弄傷對象的狀態下，不斷給予痛苦的東西。

我可以感受到自己的手臂在獄警手裡像疾病發作似的抽搐起來。

拷問椅旁邊站著一名個頭挺高，身穿灰色長袍，將兜帽壓低到蓋過眼睛的老人，整體給人宛如影子般的印象。閃耀著金色光芒的一雙眼眸從陰暗的影子中射穿這邊。

我被帶到隔壁房間，然後被綁在拷問椅上，影子老人窺探著我的臉。從我的角度能看見的，只有他高挺的鼻梁與金色眼眸而已。

一個低沉可怕的聲音從兜帽底下傳來。

「那麼，解放軍首領諾特啊，你能忍受多大的痛苦？」

＊＊＊

——不過，我還真是羨慕呢。

我想找個東西，希望兩位可以幫忙——在我們答應瑟蕾絲這樣的委託，前往後山的途中，薩農這麼告訴我。

（呃，羨慕什麼呢？）

——就是蘿莉波先生那個「四眼田雞瘦皮猴混帳處男」的別稱。

（那是在我這麼自稱時不小心固定下來，非常不光彩的別稱耶……你究竟是羨慕哪一點呢？）

——不，能夠被純真的女孩子們稱呼混帳處男這種事，非常難得不是嗎？

幫忙轉播阿宅們這種無聊對話的瑟蕾絲，忽然歪頭表示疑惑。

「那個，被女性稱呼為**混帳處男**，會有什麼好事嗎……？」

被十三歲的純真少女這麼詢問，氣氛陷入一陣尷尬的沉默。

（這世界上也有被女孩子咒罵會感到興奮的阿宅啊。）

我的說明讓瑟蕾絲更加感到疑惑。

「呃……被咒罵……？原來**混帳處男**是很難聽的話嗎？」

我好像自掘墳墓了。我用視線向薩農求助。黑豬可靠地點了點頭。

——瑟蕾妹咩，那不是什麼難聽的意思啦，但也有聽起來是負面意思的情況。不過稱呼這個人為混帳處男沒有任何問題，妳放心吧。

…………？算了，既然我這麼自稱，也不得不承認這點吧。

原以為話題會就此結束，但瑟蕾絲頭上又多了一個問號，她開口詢問：

「話說回來，被女性咒罵的話，具體而言是什麼地方讓人感到開心呢？」

唔，這個少女比想像中棘手喔。諸位能夠具體且有條理地說明被女孩子咒罵會感到開心的理由嗎？

（具體而言是哪裡感到開心嗎……你覺得呢？）

我再次將解釋的責任轉嫁到薩農身上。

——瑟蕾妹咩，所謂被咒罵這件事表示咒罵—被咒罵這個算是某種非對稱的關係會成立。這個關係是明確的上下關係，換個說法也是支配關係對吧。在被支配的期間，可以從各種期待和責任中獲得解脫。透過被女孩子這個憧憬的對象支配一事，能夠同時享受到男人希望女孩子理會自己的根本慾望，還有從每天感受到的壓力中脫離出來的解脫感。所以會感到開心。

聽到薩農以阿宅特有的機關槍速度這麼說明，瑟蕾絲暫時陷入思考。

「那麼我……應該也咒罵薩農先生比較好嗎？」

——說得也是呢。我個人十分樂意——

（不不不，還是算了吧。咒罵人這種行為根本不符瑟蕾絲的性格吧。）

瑟蕾絲笑著說了「就是說呀」，黑豬則是看似不滿地從鼻子發出哼聲。

不過，剛才的說明實在過於精闢，莫非薩農是「那種癖好」的人嗎？算了，被潔絲叫做豬而感到興奮不已的我，實在沒資格說什麼……

就在我們聊著這種對話時，到達了修道院遺跡。這是巴普薩斯的修道院，昔日曾發生火災，如今只剩下石頭地基與一部分遭到破壞的牆壁。

（那麼瑟蕾絲，妳說要找的東西是什麼？）

我這麼詢問，於是瑟蕾絲稍微移開視線後，開口說道：

「呃……我不知道要找什麼。」

哦？

「那是諾特先生一開始回到巴普薩斯時藏起來的東西。他說那是某個很重要的東西，要我在他不見人影時挖出來……」

——也就是說是在我遇到瑟蕾妹咩之前的事情呢。地點大概在哪一帶呢？

對於薩農的問題，瑟蕾絲看來沒什麼自信似的指著修道院旁邊的草地。

「應該是那一帶。」

——有記號嗎？

「那個……我忘記了。可能沒有。所以才想請豬先生們幫忙找。」

忘了？

（這裡只有一大片草原。要是什麼線索都沒有，要找東西可能有點困難喔。妳能不能回想起什麼？）

「諾特先生的手被泥土弄髒了……所以我想他應該是自己動手埋在土裡面……」

這提示還真是奇怪啊。不過算了，如果是這樣，說不定還有辦法尋找。

（是諾特埋起來的對吧。說到他一開始來這裡的時間……）

「是大約兩個月前。」

…………原來如此，這樣一來，要從埋藏的痕跡或諾特的氣味來尋找似乎有難度。

——蘿莉波先生，總之先用豬海戰術。巡視一下這片草地吧。

聽到薩農這麼說，我點了點頭。已經傍晚了。距離天色變暗已經沒剩多少時間。

我一邊尋找，同時感到疑問。感覺有些奇怪吧？諾特明明說了「在我不見人影時挖出來」，瑟蕾絲卻說她「忘了」最重要的記號。不過，她似乎還記得地點是修道院遺跡旁的草地。會不會太半吊子了？

而且最令人費解的是，瑟蕾絲不曉得那重要的寶物是什麼。為何諾特沒有告訴瑟蕾絲內容？總覺得有種莫名的疙瘩。

不過算了。我欠瑟蕾絲一份人情。就別囉哩囉唆了，來試著思考埋藏地點吧。

諾特為了隱藏「某個重要的東西」，特地跑來這個修道院遺跡——這裡是五年前曾起火的場所。結果諾特的心上人伊絲被帶走，慘遭殺害……

原來如此。諾特選了一個對他有特殊意義的地方來當埋藏地點。這個修道院遺跡距離村莊中心處相當遙遠。既然他都專程跑來這裡了，關於實際埋藏東西的場所，他應該也不會隨便找一塊草地，而是會挑某個更具象徵性的地點——這樣想比較自然吧？

我試著環顧周圍。這片草地面對著修道院遺跡。

（噯，瑟蕾絲，修道院的遺構裡有什麼東西還殘留著昔日的痕跡嗎？）

瑟蕾絲走到這邊來，開口說道：

「我想想……雖然很久沒人使用了，但有個通往村莊的地下道。」

（不，我不是那個意思……我是說有沒有東西好像能當成埋藏物品的記號。只有痕跡也行。）

「這樣的話，那個應該……」

瑟蕾絲踩著碎步跑向修道院遺跡。我和薩農也跟了上去。

「我聽說在五年前的火災中，**簡直就像被魔法燒毀一樣**，當真沒有任何東西燒剩下來……不過這塊地磚——」

她這麼說並指著的，是一塊邊長大約五十公分的正方形石頭地磚。其他地方也鋪設著同樣的地磚，但只有這裡殘留著圓形痕跡。

「據說是某人的項圈沒有燒掉且掉落在這裡，所以才會像這樣只有項圈所在之處沒有燒焦地殘留下來。此外便沒有什麼值得一提的東西了……」

原來如此。雖然不符諾特自己動手埋到土裡這個條件，但似乎有一試的價值。

（薩農先生，能不能巧妙地移開這塊地磚呢？）

黑豬點了點頭。

——旁邊的地磚已經沒了。倘若是阿諾或豬的力氣，說不定能挪到那邊去呢。

薩農用他巨大的鼻頭推動地磚。

豬是靠鼻子翻土的生物。那力道十分強勁，即使是堅硬的土也能輕易地弄成坑坑洞洞。

響起了地磚嘎吱的移動聲響。喀哩喀哩喀哩——地磚一邊磨碎細碎的沙礫，同時順利地移動到旁邊。然後——

（瑟蕾絲！妳看！有什麼東西喔！）

地磚原本所在之處的泥土被挖了個深深的坑，坑裡放著看來像是壺的東西。

瑟蕾絲驚訝得瞠大眼睛，靠近洞穴，用纖細的雙手慎重地拿出那個壺。

「這是……」

那個白磁壺附帶蓋子。整體來說是矮矮胖胖的形狀，但只有上部稍微收縮起來，還套著漆黑的圓圈。

我有不祥的預感。

（這是……）

「那個……是項圈。是某人的……是某位耶穌瑪的銀製項圈。」

——瑟蕾妹咩，那個蓋子應該不要打開比較好吧。

但瑟蕾絲還是將壺放在地面上，打開了蓋子。

我們窺探裡面。裡面裝著偏白色的灰與明顯的骨頭碎片。

瑟蕾絲像是感到動搖似的將蓋子蓋了回去。兩個燒製物互相摩擦，發出彷彿在嘶鳴的聲響。

「對……對不起。因為我很在意，忍不住就……」

諾特藏起來的東西是這個骨灰罈嗎？從這個變得黑漆漆的項圈來推測……那應該是耶穌瑪的骨頭。

（我可以看一下嗎？）

我先這麼告知一聲，然後將臉湊近項圈。

那個瞬間。

簡直就像浸泡了還原劑一樣，發黑的項圈在一瞬間恢復了銀色的光輝。

我大吃一驚，後退一步。

（抱歉，我做了什麼嗎……）

瑟蕾絲用她的大眼睛看著我。

「這個項圈……可能是**混帳處男**先生認識的人曾經配戴的東西。」

（妳怎麼知道是那樣？）

「因為失去持有者的項圈，只有在原本配戴那項圈的耶穌瑪仰慕的人來到附近時，才會恢復原本的光輝……」

我不禁毛骨悚然。該不會潔絲她……不，那是不可能的。因為潔絲的項圈在我的眼前變成兩半……

也就是說，這個銀製項圈用消去法來推算的話——

（這個項圈的持有者，我想是一個叫布蕾絲的女孩。我在之前的旅途中認識了一個耶穌瑪，是一個沉默寡言、喜歡祈禱、胸部很大的女孩。快抵達王都前，她在針之森喪命了。）

（應該是諾特把她的項圈與遺骨帶了回來，埋藏在這裡吧。）

瑟蕾絲是大受打擊嗎？她暫時陷入沉默，但沒多久後低喃了一聲「原來如此」。

「諾特先生喜歡胸部大的女性。」

少女低下頭，她的視線掃過沒有起伏的上半身，望向底下的腳尖。

我本來沒聽懂她在說什麼，這下才發現是我的內心獨白被她看透了！

（不……不是喔，瑟蕾絲！諾特跟布蕾絲之間什麼也沒發生……）

「對……對不起……那個，我明白的。我說了奇怪的話……真的很抱歉。」

瑟蕾絲面紅耳赤地跟我道歉。薩農向她傳達：

——瑟蕾妹咩，這個要怎麼辦啊？要帶回去旅店嗎？

聞言，瑟蕾絲感到有些為難的樣子，曖昧地搖了搖頭。

原來如此。

從瑟蕾絲的迷惘來看，這個骨灰罈似乎是沒有必要挖出來的東西。我有件事得先確認一下。

（噯，瑟蕾絲，我一直很在意……其實諾特根本沒有對妳說「在我不見人影時把它挖出來」這種話吧？）

——那個，蘿莉波先生。

薩農試圖打斷我。但我毫不在乎地接著說道：

（我們是同伴。我想今後應該會跟瑟蕾絲共有各種祕密，所以我們彼此都別說謊吧。我不會生氣的，妳能告訴我真相嗎？妳是偷看到諾特在這一帶藏了什麼東西，感到在意才想要找出來對吧？）

過了一陣子後，瑟蕾絲點了點頭。

「……是的。跟潔絲小姐和豬先生一起啟程後，情況變得很不得了，好不容易回來巴普薩斯時……諾特先生悄悄地抱著某樣東西，所以我問他那是什麼。結果諾特先生回答『是很重要的東西。然而妳最好別知道』……不過我實在很在意……於是偷偷地尾隨了他。我看到諾特先生在那邊的草地停下腳步，但好像會被羅西先生發現……所以就……」

諾特一直帶著他搭檔的狗——羅西一起行動。因為好像會被那個羅西察覺，瑟蕾絲才慌忙地溜回去了吧。由於之後回來的諾特的手被泥土弄髒，她才會試圖搜索草地的地面。但她什麼也沒找到，畢竟東西藏在地磚底下。

——我懂喔。要是喜歡的人隱瞞著什麼事情，無論是誰都會感到在意呢。

薩農幫忙打圓場。

「什……什麼喜歡的，才不是那麼回事！我只是一想到可能再也無法見面，就覺得好害怕……只有一丁點也好，我想要跟諾特先生相關的東西，所以才……對不起，我……我撒了謊，讓豬先生們幫忙這種事……」

瑟蕾絲的雙眼因淚水而濕潤起來。

（妳用不著道歉。妳的心情我也明白。）

知道潔絲有事情瞞著我時，我的內心不曉得有多麼紛亂不安。潔絲與諾特在瑟蕾絲工作的旅店裡兩人獨處一室時，我作何感受呢？

雖然瑟蕾絲不斷否定，但我知道那種無可奈何的感情真面目。有些事情即使想叫自己別放在心上，也終究不可能辦到的。

正因如此，我才必須幫助瑟蕾絲。

我們將骨灰罈與項圈放回地磚底下。

我們回到沒有客人的旅店，瑟蕾絲的女主人迎接我們歸來。

「沒想到薩農會回來呢。而且潔絲的豬居然也一起。」

她是個體態有些發福的紅髮阿姨，名叫瑪莎，也是五年前將耶穌瑪藏匿在修道院的主謀。她似乎很清楚薩農的事情，不過總覺得以前她跟我見面時好像一句話也沒交談過，因此我慎重地避開「混帳處男」這個詞，也先自我介紹了一下。

雖然態度溫和，然而瑪莎斬釘截鐵地駁回了我們想帶瑟蕾絲到諾特身邊去的請求。

「那種事我無法答應。我明白你們的心情，但我不能再把瑟蕾絲交給你們了。」

面對雙手交叉環胸的瑪莎，瑟蕾絲沮喪地垂下肩膀。

「這不是我的問題啊……當然一方面也是因為我不想再讓瑟蕾絲遇到危險的事情，不過說到底，未滿十六歲的耶穌瑪應該要被綁在她服侍的『人家』裡啊，跟王朝的契約是那麼規定的。只要這個家還在，瑟蕾絲放下家裡的工作不管，跑到遠方這種事，一般來說是不可能的。上次是敗給薩農的熱情而不小心同意了……然而不會有第二次嘍。」

瑟蕾絲垂頭喪氣，比平常更加寡言。我們也無法準備足以說服瑪莎的說詞。

——謝謝你們。我們到房間去吧。

瑟蕾絲這麼向我們傳達，帶領兩隻豬到自己的房間。

瑟蕾絲的寢室是旅店的邊間，跟以前潔絲過夜住的客房相比反倒更加乾淨。雖然東西很少，但擺放著有少女風格的時髦家具，整理得井然有序。

一進入房間，瑟蕾絲便筆直地走向床鋪，撲通一聲地趴倒在床上。

豬與黑豬無言地面面相覷。

即使不透過瑟蕾絲，也知道彼此想說的話。瑟蕾絲無法離開巴普薩斯。既然如此，我們是來這裡做什麼的呢？來當十三歲少女的保父嗎？

「嗚……」

不成聲的聲音打破房間安靜的氣氛。

實在尷尬到不行，但也不能離開房間。雖然想要兩隻豬自己交談來蓋過瑟蕾絲的聲音，但不巧的是我們無法說人話。

「齁？」

「……齁。」

不行，果然聊不起來。

只見瑟蕾絲抬起上半身，面向了這邊。眼淚似乎被枕頭吸收了，但她的大眼睛因充血而變紅。

「可能是非常無聊的話題……但兩位願意聽我說件事嗎……？」

（好啊，妳說說看。）

──當然願意嘍。

我們這麼回應。

瑟蕾絲緩緩地張開顫抖的嘴唇。

「那個……我來到這裡是五年前的事情。那時的我才八歲。在不熟悉的土地上，工作也做不好，一直戰戰兢兢，總是給大家添麻煩。」

（那很正常吧。應該說八歲就要工作這點太異常了。）

瑟蕾絲稍微轉動脖子，繼續說道。

「我是個絆腳石。大家都叫我『皮包骨』或是『樹枝人』，取笑骨瘦如柴的我。我感到非常地……悲傷。」

少女突然開始了獨白。我只能呆住不動。

「然後有一天，一個男人回到了這村莊。那個人將被綁架的伊絲小姐的項圈帶了回來，送給瑪莎大人。」

根本不用問那是在說誰。就是這個村莊的驕傲，如今還是革命的勇者──諾特。

「第一次見面時，諾特先生對我這麼說了。『妳的眼睛跟我以前喜歡的人的眼睛很像』──然後烤了好吃的兔肉給我。『但妳太瘦了，那樣胸部也不會長大喔』──他這麼說。」

呃少年，你也太喜歡胸部了吧？

「自從我跟諾特先生認識之後，村裡的人們看我的眼神便改變了。大家開始對我疼愛有加。諾特先生是英雄、是話題焦點、是會帶動氣氛的人。一定是因為諾特先生很疼愛我，其他人才會跟著那樣做。」

瑟蕾絲總算冷靜下來的聲音再次顫抖起來。

「從那之後，諾特先生一直是我崇拜的人。我知道身為耶穌瑪的我、只是個孩子的我根本沒有談戀愛的資格。但我實在無法忘記諾特先生……明明他在遠方可能隨時都會死掉，我卻只能待在這裡，什麼也辦不到……」

瑟蕾絲筆直地看向我的眼睛。

「我無法忍受這種事。」

突然的獨白突然地結束，瑟蕾絲大哭一場後，像是哭累似的睡著了。

斷二章　重要的人物

除了我跟維絲小姐，還有伊維斯大人的孫子修拉維斯先生，來到了國王的寢室。

伊維斯大人是這個梅斯特利亞的國王，也是最偉大的魔法使。金銀裝飾將寢室點綴得豪華絢爛，魔法燈光溫暖地照亮著房間。

伊維斯大人躺在附帶天篷的大型床鋪上。飽滿的波浪捲白髮與既長又氣派的白色鬍鬚，即使年邁也仍然有著端正的容貌。不過，他雙眼底下的黑眼圈十分嚴重，身體也消瘦不少，簡直就像病人一樣。

「您的身體狀況還好嗎？」

我的提問暫時沒有得到回答。

伊維斯大人稍微面向修拉維斯先生。

「……或許說不知道才是正確答案。」

「不知道？」

修拉維斯先生發出動搖得很厲害的聲音。修拉維斯先生也繼承了伊維斯大人那張五官深邃的端正容貌，此外還留著捲得很厲害的金髮。年齡為十八歲。是一位耿直又認真的人物。

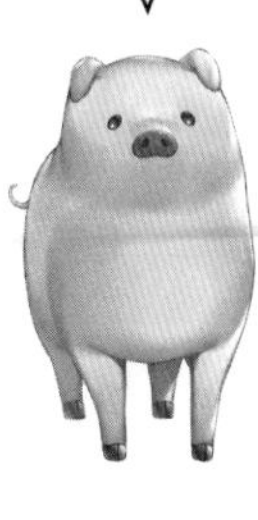

「是啊，我有生以來從未遭受過所謂的詛咒。所以不調查一下的話，也不知道這個是否能治好。」

「真的是詛咒嗎？」

維絲小姐似乎也感到動搖。她的聲音在顫抖。

「用我的魔法無法徹底消除掉這個。」

伊維斯大人從棉被裡伸出右手。他的右手背有個像是烏黑瘀青的東西，周圍還有黑色線條彷彿地錦纏繞一般的冒出。

「換言之，這表示有神祕的魔法使對我施加了詛咒。」

魔法具備凌駕各種非魔法的力量。可以用魔法淨化毒或瘟疫，倘若是像伊維斯大人這樣獨當一面的魔法使，也能徹底消除用立斯塔使出的擬似魔法。假如有伊維斯大人無法消除的力量，那只可能是其他某人的魔法。

「可是爺爺大人，除了在這裡的四人，要說其他還有哪個魔法使……」

修拉維斯先生看似不安地這麼說道，於是伊維斯大人微微低頭。

「沒錯。只有馬奎斯與荷堤斯了。」

「那麼，是叔父大人他……」

他們三人都露出陰沉的表情。儘管感到過意不去，我仍開口詢問：

「請問荷堤斯先生是指誰呢？」

維絲小姐向我說明。

「伊維斯大人其實有兩名子嗣——我的丈夫馬奎斯與他的弟弟荷堤斯。」

我經常聽說關於馬奎斯先生的事情。他是伊維斯大人的嫡子，同時也是維絲小姐的丈夫，而且是修拉維斯先生的父親大人。伊維斯大人是**最偉大**的魔法使；另一方面，聽說馬奎斯先生則是**最強**的魔法使。當然，幾乎沒有幾個魔法使能夠自由使用魔法就是了。

「馬奎斯先生奉伊維斯大人的命令，正潛入北部對吧。」

維絲小姐點頭肯定我的疑問。

「沒錯。他改變模樣，正在探查北部的王城附近。」

「那麼，荷堤斯先生他……」

「他消失了。」

伊維斯大人這麼說了。

「五年前，他反對我們的方針，從王都消失無蹤了。下落完全不明。我一直以為他應該已經死了……」

「沒想到叔父大人竟然會對爺爺大人施加詛咒。」

「這實在令人難以置信。」

維絲小姐搖了搖頭。伊維斯大人也微微點了點頭。

「縱使荷堤斯還活著，我也不認為他會做出這種事情。但若是那傢伙，說不定也能解除『鎖魔法』。」

「鎖魔法？」

我歪頭感到疑惑，於是伊維斯大人向我說明了。

「耶穌瑪的項圈和王都居民的血環，被一種叫做『鎖魔法』的特別魔法守護著。倘若不知道『鑰匙魔法』——也就是解除方式，便無法解開那些東西。不過若是像荷堤斯那樣技巧派的術師，要撬開鎖魔法也並非不可能。假設荷堤斯用未被探查到的方法解開了項圈和血環……」

伊維斯大人深深皺起眉頭。

「便不能無視有我們未認定的魔法使被放到這世上的可能性。」

寢室忽然變得鴉雀無聲。

耶穌瑪原本是魔法使，利用魔法來封住耶穌瑪魔力的東西，正是所謂的「耶穌瑪的項圈」。聽說只有伊維斯大人或馬奎斯大人才能解開。因為是被特別的魔法守護著，所以要用正規方法以外的方式拿掉的話……就只能砍掉頭。

另一方面，所謂的血環是指裝在王都居民們心臟上的圓圈，作用類似耶穌瑪的項圈。會大幅地限制住魔力。從外面看不見血環，想要用正規方法以外的方式拿掉的話……便必須切斷將大量血液從心臟傳送到全身的血管才行。

假如那位荷堤斯先生能夠解開這些東西……假如被當成耶穌瑪對待的少女們和魔力受到限制的王都居民們，在王朝不知道的地方被解放了魔力……伊維斯大人一直守護至今的這種秩序會徹底被打亂。

腦海中浮現以前學過的事情。

暗黑時代。

魔法使們互相鬥爭，血流成河的時代。無止盡的暴力衝突，世界差點毀滅的時代。

是伊維斯大人的曾祖母拜提絲大人讓那個時代劃下了句點——這是我學到的知識。據說拜提絲大人讓所有同盟的魔法使弱體化，找出還生存著的其他魔法使，將他們處死。她讓整個世界只有自己這一族能夠發揮出原本的力量。

那樣的改革正是耶穌瑪這個種族的起源。

一出生就具備魔力的王都居民會被套上封住魔力的項圈，消除記憶，變成在王都外以奴隸身分工作的「種族」——耶穌瑪；年滿十六歲便會被放生到野外，倘若無法靠自己的力量到達王都，遲早會慘遭殺害的「種族」——耶穌瑪。

攻擊性和自我中心性與魔力同時被封住的少女們，以奴隸身分被迫流通到市面上，從最底邊支撐著暗黑時代以後的社會。而且還藉由存在然後被淘汰一事，完成了維持王朝權威的源頭——也就是魔法使這個種族的任務。

我也有曾經身為耶穌瑪的時期。但我很幸運地到達王都，而且被伊維斯大人發現了我的素質，目前作為未來的王妃——也就是修拉維斯先生的未婚妻，正在接受教育。

但是——我這麼心想。

我完全無法想起自己是怎麼到達王都的。

說完荷堤斯先生的話題後，我們討論起關於今後的戰略。

追根究柢，這場戰爭原本是不可能落敗的。對方應當沒有魔法使，所以戰力差距顯而易見。只要伊維斯大人將北部勢力的戰略關鍵，也就是各地的「收容所(govern)」確實地一一擊潰，便能奪回支配地區。馬奎斯先生已經潛入北部之王亞羅根的附近，因此在查明統治的實際情況後，一旦讓北部的王朝壞滅，敵方便會全線敗退了吧。

這個王政是不可能動搖的——這是我一直以來學到的事情。

不過，真的是這樣嗎？我開口說道：

「說到底，倘若沒有勝算，為什麼亞羅根先生還會造反呢？難道不是因為他就連面對擁有魔法使的這個王朝，都有辦法報一箭之仇，才開始了戰爭嗎？」

伊維斯大人喃喃低語：

「對照我的現狀來看，可以說那種可能性很高吧。」

就連最偉大的魔法使伊維斯大人都無法消除的詛咒。簡單來說，這意味著伊維斯大人所說的「暗中活躍的術師」確實存在。那個人正是北部勢力的勝算。

維絲小姐在深思熟慮後開口說道：

「恕我失禮……伊維斯大人會不會是上鉤了呢？」

「唔嗯。妳的意思是他們算準我會親自出征，設下了詛咒嗎？這是很有可能的事。我受到詛咒的地點是尼亞貝爾。在北部勢力的支配地區中，是朝這邊突出，即將淪陷的場所。我到那裡一看，發現防守相當薄弱。但假如他們壓根不打算死守尼亞貝爾，而是打算引誘我出來施加詛咒的話，這麼一想便說得通了。說不定對於暗中活躍的術師，是正中下懷啊。」

修拉維斯先生看似慌張地說道：

「那麼……敵方至少有一個魔法使，這邊中了圈套，導致爺爺大人脫離戰線，父親大人正潛入亞羅根那裡──倘若不改變戰略，這邊的支配地不就會接連遭到侵略嗎？」

「沒錯。不過即使要叫馬奎斯回來，也得看時機。目前還沒有徹底弄清北部進行統治的結構。就算過早打倒亞羅根，可能也只會出現第二個王。假設敵方陣營有魔法使，在沒有掌握到其真面目的狀況下便摧毀北部王朝，可謂下策吧。能盡快將他叫回來是最好，但還必須靜待一陣子。」

暗中活躍的術師，甚至能反抗王朝的戰力。在謎團還很多的狀況下試圖用力量封住敵人，是非常危險的行為吧。

緊繃的氣氛支配著寢室。

「爺爺大人，由我來代替──」

「不成。要是修拉維斯死了，誰來繼承王位？現在讓你接受訓練，不是為了讓你參加這場戰爭。而是為了讓你在這場戰爭結束後，挺身替這個梅斯特利亞再次帶來安寧。」

「帶來安寧──您是說像父親大人那樣嗎？」

「沒錯。」

修拉維斯先生一臉尷尬地瞄了我一眼。我並不曉得他在想些什麼。

「……這樣子嗎，我明白了。」

維絲小姐看來有些忐忑不安似的改變話題：

「總之，來思考一下該如何在沒有伊維斯大人的狀況下戰鬥吧。目前大約有多少兵力？」

「各地大約有三十支由約兩百名士兵組成的軍隊……若不是訓練有素的人，無法對抗奧格。沒辦法再增加更多兵力了吧。」

伊維斯大人是一位一直相信絕對和平世界的人物，也只有準備了最低限度的軍隊。另一方面，聽說北部勢力不僅透過從支配地強制徵兵來增加兵力，還會利用叫做奧格的強大怪物。聽說那是一種外貌像是人類的大型生物，無論敏捷性、攻擊力或耐久力，各方面都十分優秀。據說若非熟練的士兵，根本不是對手，瞬間就會慘遭殺害。

修拉維斯先生依舊面向下方，這麼說道。

「我聽說在岩地之戰中敗走的解放軍本隊約三百人。雖然人數不多，但應當是以勇敢的年輕人為中心的一群精銳。要是採用半吊子的戰鬥方式，我們也只會徒增死者吧。」

「是啊。我們的士兵要攻下一個城市，需要五百人吧。不過，倘若碰上對方集中了兵力的地方，那支軍隊也很有可能會壞滅。」

維絲小姐這麼說道。

「您曾經提過雖然解放軍敗走了，但首領十分機靈，讓倖存者逃走了對吧。雖說失去了領導者，不過那些餘黨應該還在躲藏中，與他們有同感，想挺身而戰的民眾應當也不在少數。難道不能利用那些人嗎？」

「維絲啊，妳的意思是要借用那些反抗王朝者的力量嗎？那些傢伙打著拯救耶穌瑪的名義，還襲擊了王朝的流通據點和監視所不是嗎？他們只是被一部分民眾接納，實際上跟亞羅根是同類。我不打算借助威脅現今制度者的力量。」

「……十分抱歉，我太輕率了。」

「無妨。作為可能性之一，我也考慮過那個手法。」

我聽說解放軍的首領是一位叫做諾特先生的人。是巧合嗎？正好就在我進入王都的同時，他突然開始嶄露頭角，聽說他在「破壞壓榨耶穌瑪的世界」這個目標下，接連召集了不少同志。以自詡為自由之民的獵人們為中心，有許多人贊同他的理念，那人數無論是對王朝或是對北部勢力而言，都多到無法忽視。

不過他們的氣勢大約一個月便消退了。因為他們在戰爭中大敗，諾特先生被抓起來了。根據馬奎斯先生告知的消息，據說諾特先生成了供人觀賞的劍鬥士，注定已經活不了多久。

諾特先生究竟是怎樣的一位人物呢？傳聞說他是位火焰劍士，本領一流，為了耶穌瑪甚至不惜犧牲生命……說不定即使不是直接有接觸，我也曾經受他關照過。

從我離開基爾多林家之後，到進入王都為止的記憶。這一段記憶被伊維斯大人的魔法封印起來了。伊維斯大人表示是出自正當理由才這麼做的，但我心想，說不定——

說不定是諾特先生……

我有一個無法忘記的人。有個非常重要的某人一直在守護著我——只有這點我記得一清二楚。

但是，夾著書籤的內頁黏在一起，無法翻開。

……奇怪？我似乎在不知不覺間閉上了雙眼。

我試著抬起頭，結果眼前變得一片空白。我感覺到身體就這樣從椅子上滑落下去。

第二章 絕對別錯失機會

狗叫聲讓我醒了過來。在瑟蕾絲睡覺的床鋪另一頭，有紅色光芒從窗戶隱約照射進來。是朝霞嗎？

正當我睡迷糊地從鼻子發出齁齁聲時，發現狗叫聲逐漸靠近。怎麼啦怎麼啦？

寢室的門砰一聲地發出巨大聲響，隨即從外面傳來汪汪的叫聲。我跟薩農一躍而起，注視著發出喀嚓喀嚓聲響的門把。「嗯……？」瑟蕾絲發出睡迷糊的聲音。

喀嚓。房門打開了。衝進來的是白色——

一隻大狗跳到瑟蕾絲的床上，毫不留情地開始狂舔睡迷糊的瑟蕾絲臉龐。那激烈程度不是薩農能相比的。

「啊，羅西先生……我知道了，我知道了啦……」

瑟蕾絲抬起上半身，抱住羅西。羅西——是諾特的搭檔，一隻大型犬。

（是諾特回來了嗎……？）

我這麼問，於是瑟蕾絲一邊逃離瘋狗一邊說道：

「不，諾特先生被抓的時候，只有羅西先生逃了出來，回到巴普薩斯……啊，不行……太激

烈了……」

原來如此。那麼羅西為何突然跑來襲擊瑟蕾絲……？

——蘿莉波先生。

薩農透過瑟蕾絲用嚴肅的語調這麼向我傳達。我在他的催促下看向外頭，發現紅色光芒絕對不是什麼朝霞——是森林在燃燒。

傳來呼嚕呼嚕呼嚕的聲響，接著在附近響起爆炸聲。紅色光芒變得更加強烈。這是……

（瑟蕾絲，我們快逃吧！）

我們慌忙地離開房間來到酒吧，只見瑪莎正在將銀之紋章——用銀製項圈與兩把劍製成，類似魔法的東西——從牆上拆下來。

「村莊遭到襲擊！我會騎馬離開。瑟蕾絲妳先逃吧！」

「可是，瑪莎大人……」

瑟蕾絲陷入混亂，視線徘徊不定。

「沒事的，我們在繆尼雷斯會合吧。去拜訪『沉睡小馬亭』的克洛伊特。」

瑪莎拆解銀之紋章，裝入皮袋裡。在窗戶外面，有什麼東西掉落在道路的另一頭然後爆炸。

傳來嘈雜的聲響，酒吧的窗戶玻璃破裂了。

我立刻試圖保護瑟蕾絲——但薩農與羅西早已經保護好她了。

一屁股跌坐在地上的瑪莎，像是要趕我們離開似的揮了揮手。

「快點離開吧！我也會立刻過去的！」

兩隻豬點了點頭。羅西像是理解了話語一般，飛奔而出。

——我們走吧。跟在阿羅後面。

薩農這麼向我傳達，用鼻子戳了戳蹲著的瑟蕾絲。

瑟蕾絲被我們推著站起身。羅西在轉角面向這邊，等待我們。我們跟在羅西後面，從後門離開了旅店。

旅店還沒有燒起來，但周圍的樹木已經燃起大火。就算間隔著一定的距離，依照風向變化，這棟建築物也相當危險吧。黑豬看著火焰，彷彿靈光一閃似的停下腳步。

（薩農先生，你在做什麼啊，得快點逃走才行。）

黑豬緩緩地面向這邊。

——抱歉，我想起了要做的事情。蘿莉波先生請帶瑟蕾妹咩到安全的地方。

（咦……？你怎麼講了些好像懸疑小說的死亡旗標一樣的話啊。薩農先生也得一起逃走才行啊。要是失散的話，不曉得何時才能見面喔。）

黑豬以火焰為背景，看起來散發出異樣的魄力。

——那麼，請你們在前面不遠處的溪流等我。

薩農傳達這句話後，便轉身奔向火焰那邊。

怎麼啦怎麼啦？在這種時候，有比逃跑更應該優先的事情嗎……？難道他突然想變成一隻烤豬嗎……？

但我也不能一直拖拖拉拉，讓瑟蕾絲變成烤蘿莉。

（瑟蕾絲，妳知道薩農說的溪流方向嗎？）

「嗯，溪流是吧。我們走吧。」

一直看著這邊的羅西，回應瑟蕾絲的話奔跑起來。瑟蕾絲與我跟在牠後面。

……嗯？

我忽然察覺到某個可能性，停下腳步。難不成薩農他——

我轉頭定睛一看，看見了如我所假想的光景。

黑豬叼著有身體兩倍長、葉子熊熊燃燒著的樹枝，拖拉著樹枝前進。

然後他前進的方向，可以看到還沒燒起來的瑪莎的旅店。

溪流的水一無所知地涓涓流過岩石間。一方面也因為周圍一堆岩石的關係，火勢還沒蔓延到溪流附近。我們動也不動地等候著，只見黑豬從旅店那邊跑來了。

——讓各位久等了，我們走吧。

（你沒燒傷吧？）

我慎重地詢問，於是薩農也慎重地點了點頭。

——我**是**沒有燒起來。要做的事情順利完成嘍。

我們用眼神溝通。這是為了瑟蕾絲著想。如果是我，絕對不會那麼做就是了……可以從黑豬的眼神強烈地感受到薩農認真的程度。

森林到處都燃燒起來，轟隆轟隆的風吹聲與樹木劈里啪啦的爆裂聲吵鬧不已。要是掉以輕心，濃煙便會刺激眼睛。雖然不知道村莊是被什麼給襲擊，但不快點逃走的話，感覺很不妙。

羅西直挺地豎起耳朵，心神不定地看向周圍。牠跟剛才截然不同，沒有要立刻飛奔而出的樣子。牠頻頻地抽動著鼻子。

（羅西怎麼了啊？）

我這麼問，於是瑟蕾絲將顫抖的手放在羅西背後，開口說道：

「牠好像在警戒著……有什麼不好的東西……」

我也試著聞了一下風。豬的嗅覺跟狗一樣敏銳。既然羅西嗅到了什麼，我說不定也能知道些什麼。

……有海的氣味。一種像是魚市場、又像是海岸的氣味。然後是令人不快的汗水味。酒味。有好幾個略微不同的氣味摻雜在一起，因此能夠想像有很多源頭。

燃燒著的森林發出轟隆聲，感覺從另一頭傳來喀嚓喀嚓的聲響。

（有一群人從上風處過來。）

——這裡是王朝的支配地。如果是王朝軍，照理說絕對不會進行這種火攻才對。只能認為是北部勢力的軍隊打來了呢。

（可是，為什麼會突然跑來這麼南邊的村莊？）

巴普薩斯在我們來到這裡的時間點遭到襲擊，是偶然嗎？

——理由等之後再思考吧。蘿莉波先生，這可是戰爭。總之我們先逃走吧。

黑豬這麼向我傳達後，戳了戳羅西催促牠。但羅西動也不動。

——牠是怎麼了呢……倘若是平常，牠明明會幹勁十足地幫忙找路……

羅西看似緊張地轉動脖子，東張西望。他並非不動，恐怕是不能動吧。在曙光之中，三百六十度無論看向哪邊，都能看到天空被黑色濃煙覆蓋著。

（周圍已經燒到幾乎沒有縫隙了。若要避開火勢，村莊的出口恐怕只有一個，就是朝這邊靠近的那群人所在的方向。無論去哪裡都有危險在等著。）

「怎麼會……」

瑟蕾絲發出感覺有些悲傷的微弱聲音。

快想啊，豬。不能讓這樣柔弱的少女死在這裡。我也沒空在這裡乖乖地變成烤豬，因為王都有……

我甩了甩頭，將思考拉回來。

被全方位包圍住時，能夠想到的退路是……往上或往下。但我們也不可能飛到天上吧。那麼，往下的話……

（噯，瑟蕾絲，記得妳說過修道院有個入口，是通往村莊的地下道對吧。）

「是的。」

（妳知道那條地下道的出口在哪裡嗎？）

瑟蕾絲猛然抬起頭。

「呃……在瑪莎大人的旅店附近。目前已經無人使用，不曉得裡面變成怎麼樣就是了……」

（修道院位於村外的山腰上，感覺火勢很難蔓延到那邊。只要利用地下道跑到修道院那裡，說不定能逃離火海。）

「原來如此！」

黑豬也點了點頭。

——既然這麼決定了，就立刻出發吧。看來軍隊似乎也來到附近嘍。

少女、狗、兩隻豬，奇怪的一行人急忙回到旅店。我在途中轉頭看向逐漸靠近的嘈雜聲，結果看見了有可怕的東西在樹林對面。

感覺應該有三公尺高的巨大人型怪物正走在村莊的大街上，肌肉十分發達，全身被彷彿犀牛般的灰色厚皮膚覆蓋，還拿著像是圓木頭的矛。

——那是被稱為奧格的怪物。

薩農這麼告訴我。據說是北部勢力使用的強力士兵。看起來顯然不是豬或一般人能抗衡的對手。那怪物的手腳異常巨大，還附帶像是蹼的構造。

我們壓低身體以免被軍隊發現，在森林裡奔跑。

瑪莎的旅店已經完全被火焰給包圍。瑟蕾絲看到那火勢，稍微瞠大了雙眼。

——瑟蕾妹咩，地下道的入口在哪？

薩農像是要轉移她注意力似的這麼說道，於是瑟蕾絲指了指後面的懸崖。有幾片破木板堵住在岩石表面上開出的洞。

不是迷惘的時候了。我向前猛衝，將那些木板撞得四分五裂。

＊＊＊

連我自己都感到驚訝，我並不覺得疼痛。只有令人絕望的疲勞感在牢裡將我按在地面上。

拷問官是個身高異常高的老人。好幾個戒指裝飾著他瘦骨嶙峋的手，散發凶猛光芒的金色眼睛讓人畏縮。我感受到一股非比尋常的氣息，不禁產生疑問，這人為何會來當拷問官什麼的呢？

不過，我也只有最初的幾十秒能夠思考這種多餘的事情。

身體被後彎綁到拷問椅上的我，並沒有被盤問什麼，只是長時間地被給予難以忍受的痛苦。拷問官在附近一言不發地眺望著發出呻吟聲的我。

「真不像話。」

可以聽見女人的聲音。我挪動脖子抬頭一看，只見就在金色牢籠外面，眼神不帶任何感情的纖瘦耶穌瑪——把我帶到王城的奴莉絲站在那裡。從髒兮兮的衣物下襬可以窺見她襤褸的內衣。

「你壓抑很久了嗎？」

我可是身在牢中啊。真希望她能放過根本不會實現的下流思考。

「有什麼事？」

我擠出聲音。

「你剛接受完拷問。難道不想喝水嗎？還是說，你想強暴耶穌瑪？」

聽她這麼一說，我才發現奴莉絲拿著皮革馬克杯。

「別小看我。妳把自己當什麼了？」

「奴隸。生來便為了方便人使喚，聽話懂事的奴隸。」

幾乎面不改色，淡然地這麼斷言的奴莉絲讓我感到憤怒。我抬起上半身。

「妳們就是這樣——」

我雙肘撐地，拄著右手抬起頭。

「妳們就是這樣，才會一輩子都只能任人擺布不是嗎？」

「不對。」

奴莉絲不帶感情地說道。

「無論是這樣或那樣，耶穌瑪的職責都不會改變，跟家畜是為了被食用而存在一樣。」

我一時想不到反駁的話。

「……既然妳都帶來了，可以給我水嗎？」

奴莉絲一動也不動。

「我是奴隸。要叫奴隸做事的話，就試著用像在使喚奴隸的拜託方式吧。」

這傢伙到底是怎麼回事啊——我這麼心想。簡直像是在試圖扭曲我的信念一般。

「要這麼說的話，我也是奴隸，是性命遭人玩弄的死刑犯。妳也試著用對待奴隸應有的方式給我水看看啊。」

奴莉絲迅速地走近牢籠，將她瘦骨嶙峋的一隻腳從縫隙間伸了進來。皮革馬克杯被貼在她的大腿上。

「那麼，你就從我的腳上喝水吧。」

她這麼說並傾斜馬克杯，讓水沿著腿流了下來。我沒有迷惘。我將臉湊近奴莉絲的大腿內側，讓水注入口中。喉嚨的乾渴得到紓解。

「你不會感到羞恥嗎？」

杯子空了之後，奴莉絲這麼說了。

「現在要活下去便讓我竭盡全力了，在只有妳看著的地方耍帥也沒用吧。」

陷入暫時的沉默。

「為什麼你不惜做到這種地步，也要活下去？」

「……因為我有想做的事情。」

「你想做什麼？」

「我要殲滅那些殺害耶穌瑪來賺錢的傢伙，然後摧毀導致耶穌瑪不幸的根本結構。」

伊絲的笑容不由分說地在腦海浮現。聰明機靈又喜歡惡作劇，非常溫柔的伊絲；被人綁架、強暴，還被砍下頭的伊絲。

「伊絲。結果還是你個人的執著嗎？」

「不行嗎？因為有很多人回應那種個人的執著，我也才會受到這種特別待遇不是嗎？」

奴莉絲稍微拉開距離，看向金色牢籠。

「的確，你似乎特別嚴密地受到監禁。想必盤問一定也很嚴苛吧。」

「沒那回事。只是悶不吭聲地受到折磨罷了。」

「你什麼也沒被問嗎？」

「沒錯。」

「那麼為何你會從拷問中被解放，送回這個地下牢？」

聽她這麼一說，我回想起剛才的事。雖然只剩下零碎的記憶……

——有人從收容所逃走……

——有山豬四處大鬧……

——把耶穌瑪抓起來帶到這裡……

從隔壁的寶座之間傳來這樣的聲音，拷問就被中斷了。那之後的事情我並不記得，恐怕是已經昏過去了吧。

「原來如此。在搬運你的途中擦肩而過的耶穌瑪，其實是從收容所逃跑的人嗎？」

奴莉絲擅自看透我的思考，這麼低喃。

失去意識的我是由奴莉絲移送到位於鬥技場地下的這裡吧。

「她臉上滿是瘀青，背後遭到鞭打，看來一副可憐樣。那個已經活不久了啊。」

奴莉絲事不關己似的說道，同時退後幾步。

「打擾你了。告辭。」

奴莉絲離開現場。照理說我只是喝了水，但不知何故，感覺疲勞稍微紓解了一點。

＊＊＊

地下道到處是已經崩落的地方，但多虧有兩隻具備挖掘能力的豬，總算是穿過了地下道。來到修道院的我們在羅西的帶領下沿著山路北上，到達就在巴普薩斯北方的油之谷。太陽已經升得老高。

油之谷是縱深將近一百公尺的白色岩石峽谷。雖然峽谷上搭著一座大吊橋，但羅西毫不迷惘地朝反方向前進，走下陡峭的坡道前往谷底。

——這裡的地名由來是暗黑時代的戰爭。聽說在那之前好像是挺可愛的名字，但在這一帶發生的戰爭造成好幾千人死亡，那些人的鮮血染紅了山谷，看起來就像油在流動一樣，因此才會開始被人稱為「油之谷」喔。

令人懷念的聲音在腦海中復甦。

感受到瑟蕾絲的視線，我搖了搖頭，加上括號。

（來到這裡的話，已經不要緊了吧。）

「雖然不能大意，但一定不要緊了呢。」

（我們馬不停蹄地走了很長一段時間。稍微休息一下吧。）

我這麼提議，於是我們在斜坡途中的灌木叢間停下腳步，讓腳休息。

——有阿羅在真是幫了大忙呢。避難路線也很準確。真是個聰明的孩子呢。

黑豬貼近羅西身邊，羅西便舔了一下黑豬的鼻頭。

（諾特不在之後，羅西也一直待在巴普薩斯嗎？）

我這麼詢問，正用手擦拭著沾滿泥巴的臉的瑟蕾絲規矩地向我說明。

「是的。牠似乎跟諾特先生一起被抓住，到了相當北邊的地方，但好像在途中逃了出來……那之後牠便一直在附近保護著我。」

——阿羅剛才在外面幫忙看守呢。

「是的。牠之所以有一點弄髒，且沒有配戴任何外表可見的武具，是為了在萬一被壞人發現時，能夠讓人以為牠只是普通野狗。」

的確，聽她這麼一說，確實如此。不過……

（那麼，羅西前腳上戴的這個金屬環是什麼啊？）

我的壞習慣就是會忍不住在意小細節。感覺跟潔絲一起旅行時，牠也有戴著這個，只見金屬環緊緊地捲在羅西左前腳的前端附近。那金屬環沒有生鏽得發黑，所以應該是銀製的嗎？

「這我就不清楚了。聽說牠跟諾特先生相遇前，便一直戴著了。」

（相遇？不是諾特從幼犬開始養大的嗎？）

因為管教得好又有訓練，我還以為是諾特養大的。

「聽說是五年前在諾特先生去奪回伊絲小姐的旅途中相遇的。聽起來有一點不可思議呢。」

——阿羅這麼可靠又擅長狩獵，這表示牠之前的主人說不定也是個本領高超的獵人呢。

原來如此，這麼說也有道理。

（啊，最後再讓我問一件事。）

「好的。」

（妳說羅西沒有配戴「外表可見的」武具，那牠有配戴看不見的武具嗎？）

「是的。請看。」

瑟蕾絲掀開羅西的嘴巴，讓我們看牠的牙齒。銳利的犬齒因月光而發亮。只見那裡裝著像是矯正器的金屬配件。

「上顎儲存著三個小型立斯塔。只要羅西先生用牙齒咬住，立斯塔的魔力便會賦予附加效果。分別是給予灼傷的火焰牙、讓對方凍結住的冰之牙——」

嗯？好像在哪……

「還有用雷擊讓對方麻痺的雷之牙。」

原來如此，也就是經過精心設計，以便在面對各種對手時能夠發揮超群的效果。

不過，這發明還真棒啊。倘若將魔力注入舌頭而非牙齒，不就能夠辦到用舔的讓對方麻痺這種不好的行為嗎！我也好想要！

「那個……我覺得那種想法並不好……」

瑟蕾絲看來有些退避三舍，將手放到在一旁瘋狂聞著她的黑豬背上。個人覺得應該提防那邊的豬比較好就是了……

不過現在也沒什麼時間閒聊吧。

黑豬頻頻搖晃著尾巴，同時看向這邊。

——那麼，蘿莉波先生。一起思考接下來該怎麼行動吧。畢竟完全沒有料到居然一來到這裡，就變成這種情況呢。

（是啊。為了救出諾特，總之只能先到北方尋找同伴。之前瑪莎阿姨說要在繆尼雷斯的「沉睡小馬亭」會合……）

繆尼雷斯位於從巴普薩斯往北徒步大約一天的地方，是座大型商業都市。我和潔絲在巴普薩斯邀請諾特成為旅途同伴的那天晚上，也到了繆尼雷斯落腳。我們目前所在的油之谷位於巴普薩斯跟繆尼雷斯之間。

瑟蕾絲一邊撫摸聞著她腳的羅西，一邊開口說明：

「繆尼雷斯是南部的要地，因此王朝軍的防守也十分堅固，應該很安全才對。聽說諾特先生率領的解放軍餘黨也有相當多人躲藏在那裡。」

——不過先等一下，瑟蕾妹咩。剛才襲擊巴普薩斯的士兵是從哪裡來的呢？

薩農這麼指謫。這麼說也對。

（假如那支軍隊是從北部進軍過來的話……不能保證比這裡北邊的地方還是跟以往一樣。繆尼雷斯也不曉得變成怎樣了。）

——就是說啊。應該不會是突然只襲擊巴普薩斯吧。畢竟是個小村莊。比這裡北邊的地方，我覺得應該當作已經遭到侵略比較好。

瑟蕾絲看似不安，但斬釘截鐵地說道：

「可是……繆尼雷斯是座大城市。倘若遭到襲擊，照理說會有什麼消息才對，而且我想應該會有人逃到這裡來。明明如此，然而在巴普薩斯遭到襲擊之前，這一帶卻非常平穩……」

——就是說啊……總覺得事有蹊蹺呢。

雖然覺得有些毛骨悚然，但我們也不能一直在這裡嚄嚄耍廢吧。我向兩人傳達。

（總之先一邊觀察情況，一邊朝北方前進。我們得跟阿姨或解放軍的餘黨會合，否則瑟蕾絲無人可依靠。）

——說得也是呢，阿諾所在之處也是北方。應該避開南下呢。稍微休息一下後，我們就過河朝繆尼雷斯那邊前進吧。

薩農認真地這麼傳達，同時混在羅西的行動中聞著瑟蕾絲的腳。

「那個……我的腳味道那麼重嗎？」

瑟蕾絲一臉不可思議地這麼詢問，黑豬從鼻子發出呼齁聲，慌張起來。

——不，不是那樣喔瑟蕾妹咩。與其說味道重，不如該說有股香味嗎……

警察先生！就是這個人！

瑟蕾絲歪頭感到疑惑。

「這麼說來……混帳處男先生以前也曾一直盯著我的腳看……我的腳有哪裡很奇怪嗎？」

警察先生，還是先等一下好了！

（呃沒有，不是因為奇怪什麼的……我只是不小心就盯著看而已……）

看到我變得支支吾吾，瑟蕾絲露出純粹地感到不可思議的表情，展開追擊。

「不奇怪的話，為什麼會對我的腳感興趣……？」

這名少女莫非很擅長逼問男人很難解釋的事情？諸位是否能夠解釋會對女孩子的腳產生興趣的理由呢？

我慌忙地看向薩農那邊，向他求助。

黑豬閃閃發亮的雙眼仰望著瑟蕾絲。

——我說啊，瑟蕾妹咩。所謂的肌膚是會顯示出健康狀態的重要指標喔。如果膚色變得蒼白，就表示血液循環不良；變紅的話則表示血液循環比平常加快許多。流了多少怎樣的汗。也會是很好的判斷材料呢。所以說，在了解瑟蕾妹咩的身體狀況時，注目肌膚經常露出來的腳是非常重要的事情喔。

瑟蕾絲稍微將手指貼向嘴唇，開口說道：

「那樣的話……不能看臉部肌膚來觀察嗎？」

薩農暫時啞口無言。已經找不到藉口開脫了吧。是我們輸了。

在薩農東拉西扯地向瑟蕾絲辯解的期間，羅西依舊毫不留情地狂嗅瑟蕾絲的赤腳。諸位，希望你們別誤會了。我並不是在羨慕那隻狗喔。

我移開視線，俯視谷底的溪流。我可沒那個空閒去嗅瑟蕾絲的腳啊。

——真是一隻見異思遷的豬先生呢。

——沒關係喔，無所謂。請儘管看您喜歡的那邊吧。

光是回想起來，豬心便不禁變得苦悶的聲音。

諾特的窘境、瑟蕾絲的夙願，以及這個世界的扭曲——我應該在乎的問題相當明確，但還是有比這些事情都更令我無法忘懷的事物。

潔絲。

假如能夠重逢，我應該擺出什麼表情去見她才好呢？用那種方式離別在先，可以說一句「我又跑來了」就解決嗎?說到底,我的立場能夠被允許與潔絲會面嗎……?在那之前,我有可能與潔絲見面嗎?

突然有人摸了我的背後,讓我嚇一跳。是瑟蕾絲擺脫了變態狗的攻擊,來到我身旁。

「雖然好像有很多難言之隱……但要是**混帳處男**先生的願望能夠實現就好了呢。」

瑟蕾絲笨拙但溫柔地露出微笑。

我差不多該告訴這名少女「混帳處男」的意思才行了吧。

＊＊＊

「……父……師父……師父!喂難不成……應該沒掛掉吧。」

我像死人一樣在監牢的地板上睡覺時,巴特的聲音吵醒了我。監牢還是一樣昏暗,也不曉得現在到底是幾時。

「我不會死啦。」

我面向他那邊,可以看見天真無邪的少年感到安心似的露出笑容。

「就是說啊!無論幾次都會站起來,不屈不撓的勇者!」

巴特從柵欄縫隙間遞了一個爛掉的蘋果給我。這似乎是今天的餐點。

我向他道謝並收了下來,我靠在牢籠上,大口咬下蘋果。感覺像要復活一樣。

「噯，巴特。」

「什麼事？」

「在這個地區的收容所，耶穌瑪會受到怎樣的待遇？」

巴特的表情緊繃起來。

收容所。北部能擴大勢力的祕密就在於這個結構。女人、幼童、老人——將弱勢的人們關進被稱為收容所的區域，把他們當成人質，藉此將剩餘的人們變成傀儡。當然，有人反抗的話，他的人質就等著面臨殘酷的死亡。

只要死守收容所，那個地區的支配權便會屬於北部勢力。所以對北部勢力而言，維持好收容所是關鍵。不過，管理龐大的人質需要勞力，而且讓人質死掉的話，無法避免失去親人的人們發動叛亂。所以為了維持收容所，會利用奴隸階級的耶穌瑪。耶穌瑪似乎還具備身為比人質更弱勢的人，讓人質們的內心保持平靜的作用。

「這……實在很殘忍啊。這裡就連收容所也很大，所以男性人質自然也不少。這麼一來……噯，你懂的吧。」

胸口疼痛到難以忍受的地步。從奴莉絲那裡聽說的那個從收容所逃離，然後被捕捉的耶穌瑪。據說她遭到鞭打，滿是瘀青。那傢伙究竟做錯了什麼呢？

「……噯，巴特，你不覺得很腐爛嗎？」

「咦，你說蘋果嗎？抱歉，我能拿到就只有那個……」

「不是，我是說這個世界。你不會想要破壞這世界嗎？」

「啊，喔。是那樣沒錯啦……」

他沒有表現出想要反抗的幹勁。雖然在我面前表現得很開朗，但巴特一定也有家人被當成人質吧。所以他才會像這樣在鬥技場地下從事給囚犯飼料的工作。

「嗳，假如我消失不見……你可以跟我約定嗎？沒有行動也無妨。希望你不要捨棄對這個腐爛世界的不協調感……你辦得到嗎？」

身在牢中的我能夠託付願望的對象，已經只剩這個少年了。能夠傳達這個世界應該要破壞的對象，只有這傢伙而已。

我一臉納悶地看向他，只見巴特在黑暗當中感到畏懼似的呆立不動。

「他能不能達成那個約定，都要看你了。」

彷彿亡靈般的沙啞聲音從黑暗中傳來。

巴特似乎被某人抓住後頸。

是那個拷問官——宛如影子般的老人來到了金色牢籠附近。

「身體狀況怎麼樣啊，小伙子。明明體驗了那場拷問，卻挺有精神的不是嗎？」

「你在做什麼？放開那孩子。」

「這可難辦。因為這傢伙是重要的舞臺道具啊。」

他在說什麼？

「國王貼身的拷問官來這種血腥的地方有什麼事？」

「用不著催促，我也會告訴你。畢竟我是想讓你感到絕望，才專程來到這裡的啊。」

聲音十分冰冷。拷問官的金色眼眸──彷彿只有那雙眼睛散發出光芒一般──從兜帽底下的黑暗中射穿這邊。

「先告訴你一個好消息。今天早上，我們燒掉了據說你還是獵人時經常落腳的村莊。」

我面如土色。是巴普薩斯……？

「沒錯，就是巴普薩斯。不過，不小心讓據說你一直很關照的耶穌瑪給逃掉了。」

我陷入混亂。他說的是瑟蕾絲嗎？為何這傢伙甚至掌握到瑟蕾絲的情報？……不，慢點，冷靜下來吧。

「……你別撒謊了。巴普薩斯是比繆尼雷斯更南邊的村莊。你們的支配地區還沒有遍布到那裡吧。」

「縱然不在支配地區附近，也有派遣兵力過去的方法。但你大可放心。那個叫瑟蕾絲什麼的應該還活著才對。當然，我們一找到人便會殺掉就是了。」

老人是在笑嗎？他搖晃著肩膀。巴特全身僵硬，動也不動。

「……你到底想幹嘛？為何要襲擊巴普薩斯？」

「我一直在尋找用來殺掉你的最佳方法。光憑劍鬥跟拷問實在無法做個了結。」

「讓野獸吃掉我就行了吧。」

「那樣太溫和了。即使你死了，你的心靈也不會死掉不是嗎？我希望你可以在絕望之中死去。老夫重要的人被你在針之森砍殺了。你應該沒忘記吧……那個叫做閻王的男人。你明白重要的事物被奪走的心情嗎？」

你在問誰啊——我這麼心想。另一方面，有件事讓我感到費解。難道我不是會以解放軍首領的身分被處以死刑嗎？為何一個拷問官的私仇會牽扯到我的死刑？

「你這小鬼直覺真敏銳啊。太多嘴也不好嗎？我簡潔地告訴你，接著是壞消息。」

才心想怎麼傳來咯吱咯吱的聲音，似乎是巴特的牙齒因為顫抖而發出聲響。

「因為我想到了有意思的事。今天中午會舉行特別的表演。」

我有種不祥的預感，甚至無法開口說話。

「我要讓這個叫巴特還是什麼的跟你劍鬥，能活下來的只有一人。要是拖延到變成平手，就把你們兩人都公開處死吧。」

我不禁起雞皮疙瘩。怎麼會……

「這反應不錯嘛。你儘管苦惱吧。你想活下來的話，只能殺掉這個小毛頭；想讓小毛頭活下來的話，便只能你去死了。怎麼樣，很痛苦吧。」

即使想要反駁，也說不出話來。

老人將沒有抵抗的巴特帶走，消失到黑暗之中。

絕望感迅速地包圍住身體。我還想活得更久一點，還有很多想做的事情。

但是，我不能讓少年死掉，只能先自我了斷了。

我一邊想起曾經喜歡的人，同時感受到眼淚無聲地流下。

＊＊＊

——總覺得……不太對勁呢。

薩農一邊吃著路邊的草，一邊這麼向我傳達。

（是啊。並沒有遭到襲擊的樣子。雖然好像因為巴普薩斯的火災，氣氛很不平靜。）

傍晚。我們謹慎地進行偵察後，進入了繆尼雷斯市。鋪設著石板路的大條主要街道上並列著粉彩色建築物，是座大規模的商業都市。只不過，沒有以前來到這裡時那種自由的活力。取而代之的是用紅皮製防具與銳利長矛武裝起來的士兵們在街上走動。根據瑟蕾絲所說，他們似乎就是王朝軍。

「看到這麼多士兵先生在街上走動，讓我有一點擔心。因為正在躲藏中的解放軍成員們，應該會變得很難待在這裡吧……」

瑟蕾絲看似不安地東張西望，環顧周圍，羅西則緊貼著她的腳前進著。我和薩農一邊警戒著後方，一邊假裝成豬跟在她們後面——倒不如說，我們完全是豬就是了。

據說瑟蕾絲以前曾一度造訪過，我們在她的帶領下，前往「沉睡小馬亭」。到達之後，我心想原來如此。是潔絲、諾特與我以前住宿過的旅店。淡褐色的外牆上裝飾著花朵，十分整潔的建築物，跟瑪莎的旅店同樣附設酒吧。

我們進入酒吧，可以看見掛在牆上的銀之紋章。將耶穌瑪的項圈掛在兩把劍交叉起來的點上裝飾的東西，是受到特殊的魔法守護，耶穌瑪監護人的證明。

「啊，太好了！妳就是瑟蕾絲對吧？」

這麼說道並走向這邊來的，是個感覺像是鄉下會看到的，蓄著白色小鬍子的老爹。他用麻布覆蓋著頭髮。帶有笑紋的閃亮雙眼捕捉到瑟蕾絲的身影。

才想說怎麼有汪汪聲，只見羅西撲向老爹，開始狂舔彎下身的老爹臉龐。看來這個老爹似乎跟羅西感情相當不錯。雖然三個月前，我跟潔絲一起在這裡過夜時，他們看起來好像沒那麼親近就是了……

瑟蕾絲低頭鞠躬並打招呼。

「您是克洛伊特先生吧。您好。」

「妳平安無事呢。哎呀，這下我就放心了。」

克洛伊特一邊用袖子擦拭沾滿口水的臉，同時朝瑟蕾絲露出微笑。

「是的……總算是逃到這裡來了。」

「這樣啊這樣啊，那真是太好了。」

克洛伊特短暫地鬆了一口氣，隨即繃緊了表情。

「瑟蕾絲，關於瑪莎……」

「……嗯。」

「妳過來一下。」

克洛伊特這麼說，邀瑟蕾絲到裡頭去。我和薩農跟在羅西後面，也追了上去。是什麼在等著呢？我不覺得是好事。

我們被帶領到一間客房。克洛伊特敲了敲房門，於是從裡面傳來「進來吧」的沙啞聲音。打開房門後，可以看到某人正躺在床上。感覺好像有一股燒焦味。

「瑪莎大人！您平安無事嗎！」

瑟蕾絲這麼說，同時飛奔到床鋪旁。

「勉強保住了一命和項圈呢。」

躺在床上的是瑪莎。瑪莎的視線望向放在枕邊的皮袋。是裝著伊絲項圈的袋子。

「一命和……」

瑟蕾絲就那樣看著瑪莎，僵硬起來。仔細一看，瑪莎捲曲的頭髮相當難看地變短，因為燒焦了。臉部也到處發紅潰爛。

「真是難堪呢。我本來想騎馬越過火海，結果整個人嚴重灼傷。但我拚死地前進，總算到達繆尼雷斯就是了。」

「怎麼會……」

瑟蕾絲吐出微弱的聲音。

克洛伊特遞出了什麼東西給沮喪的瑟蕾絲。

「不用給錢。這個妳拿去用吧。」

瑟蕾絲收下那東西。是黑色立斯塔——只有耶穌瑪能夠使用，祈禱用的魔力來源。

「慢點，克洛伊特，我們不能收下那種東西啦。瑟蕾絲，還給人家吧。」

瑟蕾絲按照瑪莎所說的將立斯塔遞出去，結果克洛伊特背著手。

「那是今天碰巧免費拿到的立斯塔。老夫家裡已經沒有耶穌瑪在，即使有，也無處可用。妳就盡快拿去治療瑪莎吧。」

免費拿到？立斯塔應該是相當昂貴的東西，會有那種事嗎？不過，沒有耶穌瑪在的話，也沒理由留著只有耶穌瑪才能使用的黑色立斯塔。唔嗯。

瑟蕾絲看向瑪莎那邊。瑪莎露出微笑，點了點頭。

「那就恭敬不如從命吧。改天一定要報恩喔。」

聽到瑪莎這麼說，瑟蕾絲立刻靠近枕邊，跪在地板上。她用雙手包覆住立斯塔，貼在額頭上，一雙大眼睛悄悄地闔上。

沉默。

過了一陣子後，瑟蕾絲睜開雙眼，瑪莎抬起了上半身。雖然瑪莎依舊頂著燒焦的頭髮，但不知不覺間，灼傷的痕跡幾乎都消失了。只有稍微留下一點紅色。瑪莎原本就是紅臉，因此並不顯眼。

瑪莎伸手摸了摸瑟蕾絲的頭。

「謝謝妳啊，妳技術很棒嘛。託妳的福，我變得有精神嘍。」

「太好了。因為瑪莎大人有恩於我……」

瑟蕾絲轉頭看向靠在入口那邊的克洛伊特。

「克洛伊特先生，謝謝您。託您的福，我才能夠治療瑪莎大人。」

「不用多禮啦。那個送給瑟蕾絲，剩餘的魔力妳就自由使用吧。」

克洛伊特笑咪咪地說道，準備離開房間。不過，他彷彿想起什麼似的折返回頭，面向瑟蕾絲那邊。

「這麼說來，有個好消息。瑟蕾絲聽說了嗎？」

「……呃──」

「妳好像知道諾特被囚禁起來了吧？聽說那個諾特在今天中午從鬥技場逃走了。」

「咦咦！諾特先生嗎？」

瑟蕾絲驚訝得聲音變尖起來。我跟薩農兩隻豬也面面相覷。這消息實在太震撼了。

「就在剛才有消息傳來街上。雖然大家不太會大聲嚷嚷，但在檯面下已經掀起大騷動啦。因為繆尼雷斯的商人們都對解放軍有好感嘛。」

原來是這樣嗎？我們的轉移、巴普薩斯的襲擊、諾特的逃脫──實在不像是碰巧的現象連續發生，讓大腦的整理速度跟不上，但這件事一樣是個好消息吧。

我深深覺得諾特實在是個頑強的傢伙。他的火焰還在燃燒著。

「那個，請問諾特先生現在人在哪裡呢？」

對於瑟蕾絲積極的提問，克洛伊特看似困惑地回答：

「這就不清楚了……根據傳聞，諾特似乎是忽然從鬥技場不見人影，沒有人知道他的下落喔。讓人挺在意他今後會採取什麼行動呢。」

可以看到瑟蕾絲緊緊握住小小的拳頭。

克洛伊特接著說道：

「縱使如此，老夫等市民依舊只能在這裡繼續過著一如往常的生活啦。不過，這肯定是一件令人欣喜的事。好啦，老夫該回去工作了呢，畢竟也得整理地下才行。瑟蕾絲就在這裡照顧瑪莎吧。」

克洛伊特瞥了一眼安分守己的三隻獸類，準備回到崗位上。

等等啊——我這麼心想。

「齁齁齁齁w」

我發出很大的聲音，克洛伊特有些吃驚似的轉過頭來。

「哎呀哎呀，怎麼啦，豬先生？」

（瑟蕾絲，我想跟這個大叔談談。能幫我轉播嗎？）

——呃……我知道了。

請瑟蕾絲幫忙說出豬的真面目後，我進入正題。

（能請你告訴我們解放軍餘黨的去向嗎？）

克洛伊特以彷彿摻雜著驚訝與不能理解的表情看向我。

「慢點慢點，這是在說什麼啊？」

（克洛伊特先生，你之前將解放軍的人們藏匿在地下對吧。）

克洛伊特感到可疑似的望著我。

他似乎很疑惑我為何知道，但只要將幾個情報連接起來，就能推測出這件事。根據瑟蕾絲所說，解放軍餘黨躲藏在這座城市裡——或者是曾經躲藏在此——這點似乎千真萬確。然後，以前跟我來的時候與克洛伊特感情沒那麼好的羅西，今天見面時卻異常地親近克洛伊特。這暗示著在我離開梅斯特利亞後到回來這裡為止的三個月裡，羅西與克洛伊特——更進一步地說，是羅西的飼主諾特與克洛伊特曾經見過好幾次面。

還有克洛伊特的發言。

——那是今天碰巧免費拿到的立斯塔。

首先，昂貴的立斯塔不可能白白地從天上掉下來吧。既然沒有耶穌瑪在，他也沒理由特地購買。這樣一來，就浮現出他是作為某些事物的回報收下來的可能性。那麼，是誰給他的？今天發生了什麼事？

——好啦，老夫該回去工作了吧。畢竟也得整理地下才行。

我試著思考在這個時間點會發生「整理地下」這項作業的理由。假設是克洛伊特把解放軍成員們藏匿在地下，他們得知諾特逃走的消息後急遽啟程——這樣的話如何呢？解放軍正被王朝盯上。一方面也是為了湮滅證據，必須盡早整理地下才行。

薩農從鼻子發出齁聲。

——我也拜託您。瑟蕾絲妹妹很想見到諾特小弟。我們想要設法取得能夠與解放軍的各位接觸的線索。

克洛伊特在白色小鬍子底下咬了咬嘴唇，看來正陷入苦惱的樣子。我直覺地認為只要再加把勁就行了。

就在這時，床舖嘎吱作響，瑪莎面向了這邊。

「嗳，薩農。這種事情難道不該先問過我這個瑟蕾絲的主人，才去拜託嗎？」

難以捉摸是支持還是否定，彷彿溫柔地在規勸般的語調。

——您說得沒錯。瑪莎女士，我誠懇地拜託您，請您務必答應。

「我應該說過我不可能讓瑟蕾絲到遠方吧。」

瑟蕾絲低頭面向下方。黑豬在她身旁毅然地直視著瑪莎。

——那是瑟蕾絲的工作場所，也就是那間旅店還存在時的事情。但是剛才的戰火讓旅店整間燒光了。

裴蒜的薩農光明正大地這麼主張，他散發出難以想像是一隻豬的魄力。

「的確，那樣說是沒錯啦。不過，你該不會忘記了吧？之前我允許你帶瑟蕾絲外出，帶她參加解放軍的戰爭時，發生了什麼事情。瑟蕾絲根本沒幫上什麼忙，還差點在岩地之戰中被殺掉不是嗎？」

——不，瑟蕾絲妹妹有幫上忙。能夠遠程轉播思考、用祈禱治癒人的耶穌瑪女孩們，作為戰場的後勤支援是非常重要的存在。為了能密切合作，可說無論有多少耶穌瑪都不夠用，而且關於治癒諾特小弟的能力，瑟蕾絲妹妹更是出類拔萃。瑟蕾絲妹妹對解放軍而言是必要的存在。

嗯？關於治癒諾特的能力，瑟蕾絲更是出類拔萃——這話是什麼意思呢？

我看向瑟蕾絲，只見她不知何故，臉頰染成了粉紅色。

瑪莎沉默了一陣子，但沒多久後，「瑟蕾絲。」她這麼呼喚。

「妳真的想去嗎？」

瑟蕾絲看向瑪莎，肯定地點了點頭。

「妳說不定會死掉喔。而且在這種時勢下，要是被北部那些傢伙抓到，即使被強暴到腦袋不對勁，連麻醉都不打地被剖開腹部也不奇怪。就算這樣，妳還是想去嗎？」

「……是的。比起在這裡什麼都不做地等待著，要好太多了。」

瑪莎像是放棄了似的挑起眉毛。

「是嗎……畢竟房子好像也燒掉了，也不能讓妳一直待在這種無家可歸者的身旁呢。諾特他們真的是打算做一番偉大的事情。如果說瑟蕾絲能夠幫助他們，對我而言也是值得誇耀的事。」

「那麼，瑪莎大人……」

「嗯，妳就去吧。克洛伊特，將去向告訴這些孩子們吧。」

克洛伊特的白眉毛感到為難似的描繪出八字形。

「哎呀，如果是那麼回事，老夫也很想幫忙啦……老夫之前的確把那些孩子們藏匿在這旅店地下。不過雖然支持那些孩子們，但老夫也跟瑪莎一樣，終究是在王朝統治下安分生活的一般市民。儘管悄悄地照顧了他們……但關於那些孩子們的活動，老夫幾乎是一無所知啊。也沒有聽說他們的目的地。」

薩農熱心地訴說著。

——但是，您曾經接觸過他們對吧？解放軍的孩子們顯然是為了到諾特小弟身邊會合而離開這座城市。關於他們朝哪個方向前進，您應該知道一些線索吧？

克洛伊特搖了搖頭。

「這種時勢下，那些孩子們變得非常謹慎。好像只有一小部分的人會共有情報喔。『受您照顧了』——老夫只有聽說這句話。那些孩子們急忙離開後，老夫遲了些聽到諾特逃走的傳聞，才總算明白了是怎麼回事。畢竟是那些孩子們嘛，他們應該已經跑到相當遠的地方了吧。」

明明死了那條心，在這裡和平度日就好了。那聽起來也像是在告誡我們。

瑟蕾絲垂頭喪氣地垂下肩膀。

「這樣子嗎……那也沒辦法。」

嗯，瑟蕾絲待在這裡比較安全這點，是洞若觀炭火吧。

不過——

我回想起與潔絲一起造訪瑪莎旅店的事情。瑟蕾絲想要挽留諾特，我卻為了潔絲，像是半哄半騙地讓諾特與我們同行。當時瑟蕾絲接受了我的主張，用笑容目送我們離開。

——要是豬先生的願望也能實現就好了呢。

我回想起瑟蕾絲的話。

這次輪到我幫忙實現瑟蕾絲的願望了。

（克洛伊特先生，可以請您讓我們看看解放軍的人們之前待的地方吧。）

已經空蕩蕩嘍——儘管嘴上這麼說，克洛伊特依舊帶領我們從後門到地下室。

寬敞的空間早已人去樓空。牆邊並排著六張木製的三層床，另外還雜亂地擺放著幾張破舊的沙發。中央有一張大型的正方形桌子。

克洛伊特留下少女一人與三隻獸類，回到了工作上。

（那麼，到推理的時間了。）

我試著鼓起幹勁。

「推理……也就是說您願意幫忙思考解放軍的各位上哪裡去了嗎？」

（沒錯，瑟蕾絲。而且我有絕對的自信。）

我這麼說，於是薩農看向我。

——這……又是為什麼呢？

（是氣味。我們大概推測出地點就行。剩下的只要有寢具的氣味……）

——原來如此！

薩農理解了我的意思。但瑟蕾絲一臉茫然。我來說明吧。

（瑟蕾絲，狗和豬的嗅覺十分敏銳，不是人類能相比的喔。我們能夠感應到幾萬分之一的淡薄氣味，也擅長嗅出不同的氣味。舉例來說，假設瑟蕾絲從這裡徒步移動的話，就算是走了一整天的漫長路程，我們也能沿著殘留在地面的些微氣味到達瑟蕾絲的所在之處。而且還能掌握到瑟蕾絲在哪裡吃了什麼，甚至可以一清二楚地知道瑟蕾絲在哪裡採了花（註：有些日本女性會用「去採花」來隱喻上廁所）。）

瑟蕾絲的表情僵住了。糟糕，不小心說溜嘴了。

「薩農先生，那時候果然是……」

——不……不是的，瑟蕾妹咩。那只是偶然嗅了一下……

黑豬慌張地動了起來。雖然不曉得發生了什麼事，總之，回到現代日本後，我首先必須把這個蘿莉控交給警察處理才行。

（總而言之。在這裡該做的事情就是大概推敲出解放軍的去向，然後盡可能地收集沾有氣味的東西。很簡單。）

我一邊這麼傳達，一邊在房間四處走動。

（嗯？這截斷繩……）

地上掉落著一截斷掉的麻繩，上面打了結而且有使用痕跡，因此我試著嗅了一下。

（瑟蕾絲，在梅斯特利亞會使用鳥來通訊嗎？）

「……是的，尤其是在緊急聯絡時。」

（這截繩子散發出鳥的氣味。大概是在傳送諾特逃走的消息時，用來把紙張綁在鳥腳上的東西吧。）

——真的嗎？

黑豬靠近這邊，嗅了嗅我剛才聞的繩子。

——的確有鳥的氣味呢。

瑟蕾絲露出苦笑，同時按住胯下。說真的，到底發生了什麼啊？

羅西搖著尾巴來到我們這邊，模仿我們嗅了嗅繩子的氣味。然後牠立刻離開，在房間內到處嗅了起來。

我大吃一驚，因為我也正打算做同樣的事情。只要尋找跟這個相同的氣味，說不定就能發現什麼線索。假如羅西是知道而這麼行動的話，牠的思考力實在超乎一般的狗。

「汪！」

羅西叫了一聲，叼著小張的碎紙片過來。我看向被放到地面上的那個，只見那是一張大概比郵票稍微大一點，有被捲起來的痕跡的紙。中央僅僅畫著雙圓圈。

我急忙嗅了一下紙張。是羊皮紙嗎？有強烈的獸類氣味。不過我確實從上面感受到燒焦的氣味與類似雞舍的氣味。

（瑟蕾絲！薩農先生！這個！）

我呼喚兩人。瑟蕾絲撿起紙張。

「這是……」

——這是阿諾他們經常使用的暗號呢。意思是「集合」。

在瑟蕾絲這麼說道時，羅西又叼了一張同樣的紙片過來。這上面也畫著雙圓圈。

我思考起來。

（看來同樣的紙片似乎有複數張。應該是同時使用好幾隻鳥，傳送給複數人吧。可以認為是有急事，也能看作是絕對想寄達到某人手上。從解放軍在諾特逃走那天就急忙啟程一事來想，可以推測這是「火速到諾特身邊集合」的意思。）

——這似乎是特地烤焦羊皮紙畫出來的，而不是用墨水呢。

薩農注意到了這點。燒焦味的真面目就是這個嗎？

「應該是諾特先生用雙劍的火焰烙印上去的吧？」

瑟蕾絲這番話讓我們兩隻豬一起點頭同意。薩農思考起來。

──那麼，要思考的便是地點在哪裡呢。以情報來說，紙上只有雙圓圈就是了。

（反過來思考吧。解放軍的餘黨們光憑雙圓圈便決定了目的地。畢竟用鳥來傳送所在處的風險很高，不如換個角度切入，散落在各地的解放軍餘黨會到可以從這則訊息中最合理地推敲出來的場所集合──這麼想就行了。）

──原來如此。那麼我們也合理地來思考看看吧。

我點了點頭。

（首先，諾特應該想盡快脫離北部的支配地區才對。他理應會偏向逃往有更多解放軍和協力者的地方──這麼想比較自然。）

「相對於位在梅斯特利亞中央的王都，偏向解放軍的勢力聚集在東南邊。他們沒有理由刻意前往西邊，應該是到比圍住王朝的針之森更東邊的地方──這麼想如何呢？」

（太棒了，瑟蕾絲。順便問一下，北部勢力的支配地區與王朝支配地區的邊界，以東邊來說的話，目前位於哪一帶啊？）

「我聽說就在最近，王朝軍收復了東部一個叫做尼亞貝爾的大型港灣都市。聽說尼亞貝爾是被攻下了在地理上孤立起來的地方……所以我想目前從尼亞貝爾再稍微往北，叫做馬多的山城之村莊，應該是最前線。」

不愧是瑟蕾絲，真是清楚。表示她一直很在意外頭的事情吧。

（以解放軍的立場來說，應該會在北部勢力的支配地區外，以盡快迎接諾特一事為優先吧。不過最前線有王朝軍聚集，相當危險。）

正是這個——我有這樣的預感。薩農似乎也有同感，他朝這邊點了點頭。

——「集合」的訊息……如果有許多人要聚集起來，應該選在大城市比較好呢。

「這也就是說……」

瑟蕾絲的大眼睛看向這邊。

（對。我們應該前往的地點是尼亞貝爾。）

瑪莎坐在床上，露出認真的眼神。

「瑟蕾絲，妳真的要去嗎？」

「是的……對不起。」

瑟蕾絲看似過意不去地緊皺眉頭。

瑪莎沉默了一陣子，但沒多久後她開口說道：

「真遺憾呢，就憑我這副身體，沒辦法陪妳去喔。」

「瑪莎大人……」

「要好好愛惜生命喔。」

「是的。」

「還有，那邊的豬先生們啊。」

聽到瑪莎這麼呼喚，我與黑豬踢達踢達地靠近她身邊。

「我很擅長豬肉料理喔。要是沒讓瑟蕾絲平安回來……你們懂的吧？」

噫。

（我會拚上性命保護她的。）

薩農也接在我後面向瑪莎傳達。

——我也一樣，就連一秒也不會將視線從瑟蕾絲妹妹身上移開。

那樣沒問題嗎……？

「拜託你們嘍。」

居然拜託了！

因為太陽也下山了，我們在隔天早上以尼亞貝爾為目標，與日出一同啟程了。瑟蕾絲騎在豬的背上前進的話，預計大約三天可以到達的樣子。

啟程之日。陰沉沉的動盪雲朵飄浮在美麗的淺藍色天空的另一頭。

＊＊＊

來迎接我的是奴莉絲。她拿著雙劍。使用了伊絲骨頭的雙劍。我要用伊絲燃起的火焰，回到伊絲的身邊。

——沒時間了，我簡單地告訴你。別看我這邊。

可以在腦內聽見奴莉絲平淡的聲音。

——這兩把雙劍裝著特殊的立斯塔。一個立斯塔可以放出一次巨大的魔力。

奴莉絲面無表情地拘束著我。我看向雙劍。紅色集中在中心部位，周邊的部分接近無色。

——將其中一把劍朝地面揮動的話，就能飛翔到高空上。這魔力也能勉強帶那個叫做巴特的少年一起離開。著地時將另一把劍朝地面揮動。如此便能消除降落的速度，在不死人的狀態下著地。

我們朝著通往舞臺的升降機前進。我感覺難以置信。我能夠逃走啊。

——不好意思，很感謝妳。

——不允許失敗。

——我明白了。

我們來到升降機前。獄警拿著一把小小的劍。為什麼呢？

將我的桎梏解開的奴莉絲抽動了一下，看向獄警。獄警在覆蓋住顏面的頭盔底下咧嘴一笑，把我跟奴莉絲一起丟進升降機，將手上拿的劍扔到奴莉絲旁邊。

鎖鏈發出喀嚓喀嚓的聲響，升降機將我們兩人抬起到舞臺上。

對方的意圖十分明確。什麼自殺就好，不可能用這麼天真的作法了事。能活下來的只有一人。這表示即使我死了，巴特跟奴莉絲也必須有其中一方死掉才行吧。或許就是為了這種殘酷的作法，巴特和奴莉絲才會被安排到我周圍。

不過，問題不在於那裡。這個立斯塔的力量大概是能讓我與巴特勉強飛起來的程度。會有一個人被留在鬥技場上。

升降機不由分說地往上到鋪設著沙子的舞臺，我一如往常地瞇細雙眼。是晴天。風很強。塵土飛揚。從上面照射下來的日光，還有沙子的反光。

圓形鬥技場被好幾千名觀眾填滿。觀眾席彷彿逐漸上升的牆壁一般圍住橢圓形的舞臺，俯視著我們。

沒有臉的市民們。是強制被迫觀賞比賽嗎？還是想看到血流成河，自己主動前來的呢？是盼望著我死掉，還是希望看到我殘酷的勝利呢？沒有任何人向我述說。傳入我耳中的只有聽不清內容的怒吼、咒罵與歡呼。

升降機停止後，奴莉絲毫無感情地撿起劍，從我身旁離開了。她的背影述說著。

——丟下我離開吧。

我咬了咬嘴唇。我怎麼可能辦得到那種事啊。該怎麼做？該怎麼做才能讓所有人得救？

腦海中浮現薩農的身影。那個人無論在多麼不利的狀況下，都絕對不會放棄。他救了我。最後還拚上性命，讓瑟蕾絲和其他同伴逃走了。

動腦吧。動腦思考啊。

——首先阻止那個少年吧。

奴莉絲的聲音在腦內響起。

鬥技場被殘酷的歡呼聲包圍住。在飛塵的另一頭，對面的升降機逐漸上升，茫然地呆站著的巴特出現在舞臺上。他小小的手上拿的劍發出微弱的光芒。

要解釋奴莉絲的訊息，花不了多少時間。我在觀眾的熱烈注目下，朝巴特身邊筆直地飛奔過去。巴特細瘦的雙手緩緩抬起，將劍頂到自己的脖子上。

「快住手！」

我一邊吶喊，一邊逼近巴特。我抓住巴特的劍柄一扭，將刀刃從他脖子上拉開。我順勢將劍尖刺向地面，巴特的姿勢便向前傾倒，失去平衡。我一邊用手肘壓住巴特的肩膀，同時撿起劍。巴特跌落在地面上。

我將巴特的劍扔向遠方。雖然舞臺鋪設著沙子，但底下是木板。劍漂亮地刺在地面上。

可以聽見咒罵聲。大概是要我殺了他的意思吧。

「放心吧，巴特。我們會逃離這裡。」

我盡可能不動嘴地這麼傳達，於是熱淚盈眶的巴特因驚訝而瞠大了眼。我朝難看地跌倒在地上的巴特揚起嘴角，露出微笑。告訴他已經不要緊了，我會救他。

剩下的就是思考該怎麼做，才能三人一起逃離這裡。

不，不對。

這時我察覺到了。察覺到為時已晚——察覺到耶穌瑪究竟是個怎樣的種族。

我急忙轉過頭去，只見奴莉絲的身體猛然傾倒。劍刺進她的腹部。從遠處也能看見鮮紅的血液在破爛的衣服上擴散開來。她捅了自己。在飛塵的另一頭，一名耶穌瑪的性命正逐漸消逝。歡呼聲與咒罵聲逐漸遠離，感覺像是時間停止了一樣。

少女的身體趴倒在地面上，然後一動也不動了。

鬥技場被一片罵聲給包圍住。我壓抑住憤怒與絕望，眼眶隨即開始泛淚。你在看著嗎？老不死的拷問官。這就是你期望的光景。

但是，我沒空感到悲傷。我從鞘裡拔出右手的劍，抬頭仰望天空。藍色的天空。是通往未來的入口。

……嗯？

一瞬間有個奇妙形狀的影子映照在藍色的天空上。巨大的羽翼、長長的尾巴。該不會——

下個瞬間，從鬥技場的外圍部分傳來砌石崩塌的聲響。某種生物的咆哮。發光成天空色的體色逐漸變回烏黑色，顯現出牠的真面目。無庸置疑，實在過於巨大的那身影——

是只有在書本的插畫上看過，傳說中的生物。是龍。口吐火焰的殘暴怪物。

彷彿能將人類整個吞下的巨大嘴巴，並排著密密麻麻的銳利牙齒。被堅硬鱗片覆蓋住的細長巨體、寬廣的羽翼、布滿刺的長尾巴。

鬥技場的罵聲變成了哀號。

龍停在鬥技場的邊緣，朝這邊大大地張開嘴巴。

不妙！

我立刻將巴特拉到身旁，試圖閃避。不行，來不及。照這樣下去，火焰會直接命中。只能逃到空中了。

「要飛嘍，別放手。」

我這麼說，用力地將巴特抱到身邊。

原本目瞪口呆的巴特也急忙將手繞到我脖子上。我用不方便活動的左手抱住巴特，用力地揮落右手的劍。

伴隨著木頭地板裂開的衝擊聲響，有一種彷彿內臟被人拉扯的感覺。我跟巴特以超乎常理的速度逆風前進，朝著天空開始上升。瞬間視野染成黑色——怎麼回事？

黑色的東西消失了。我俯視下方，只見整個鬥技場被黑煙籠罩住。大概是龍吐出了黑煙，而非火焰吧。不過，為何不是火焰？只有擁有魔法使的王朝，能夠操縱龍這種傳說中的生物吧。王朝應該打算殺了我才對。明明如此，龍卻吐出了不具殺傷能力的煙。為什麼？說到底，龍是為了什麼而前來？

朝斜上方衝出去的我們，描繪出弧形跨越鬥技場的外圍。高度仍綽綽有餘。能飛這麼高的話，說不定其實也能帶奴莉絲離開……

不過，已經太晚了。我們早已開始降落。我將右手的劍收回鞘裡，拔出另一把劍。要降落的地方是森林。我大概計算過方向。樹林逐漸逼近。

我在撞上枝葉前揮動劍。身體被強烈的反彈力包圍。緊接而來的疼痛讓我閉上雙眼。

讓人分不清上下的衝擊漩渦搖晃著身體。

我們在地面上翻滾，似乎撞上了樹幹。我睜開眼睛一看，我們人在森林裡頭。

「巴特，你還好嗎？」

我扯下一直緊抓著脖子不放的手，站起身來，只見地面上的少年揉了揉眼睛。

「真厲害啊，剛才那是怎麼回事啊？」

我鬆了口氣。

「我使用特殊的立斯塔，從空中逃離了鬥技場。身體沒事吧？」

「嗯，我是沒事啦……」

巴特一邊爬起來，同時一臉不可思議地看著我的眼睛。

「但師父你為什麼在哭啊？」

斷三章　重要的時刻

我醒了過來。發現自己躺在床上。

清澈的藍天在窗外擴展開來。似乎已經是中午了。

我大概睡了多久呢？我也記不清楚是何時開始睡的——不，我是在伊維斯大人的寢室思考了關於諾特先生的事情。瞬間眼前突然變得一片空白……

果然是那樣嗎？被封印起來的頁面寫著關於諾特先生的事情嗎？所以我才會在試圖回想起來的時候失去意識嗎？

我下床穿起拖鞋，隨即不知從何處傳來了叮叮的鈴聲。是怎麼回事呢？正當我這麼心想時，響起砰咚的聲音，緊接著是踢達踢達地飛奔過來的腳步聲，我的寢室房門敞開了。

「妳醒了呢，潔絲……太好了……」

是維絲小姐。我察覺到鈴聲的意義。是設置在拖鞋上的魔法將我起床這件事通知了維絲小姐吧。

「對不起，我睡了多久——」

「妳睡了整整一天以上喔。都是因為妳太過勉強自己……」

「呃……我有勉強自己嗎？」

「就是火焰魔法呀。我看了一下實驗室，妳不是製造了彷彿要燒光內部一般的大量燃料嗎？天花板也沾滿煤煙……妳沒窒息真是奇蹟。」

「對不起……但是，我在書上學到了燃燒具備跟呼吸同樣的空氣進出，所以我操縱了風讓空氣流通。而且在練習產生更高溫的火焰時，我創造了吸素摻雜在燃料裡。變得呼吸困難這種事，一次也沒……」

維絲小姐露出像是感到驚訝，又像是感到傻眼的表情看向這邊。

「那個……不是這種問題呢……非常抱歉。」

維絲小姐大大嘆了口氣。

「好奇心旺盛是件好事。不過妳這麼快就發生了脫魔法（ecdyssa），今後必須更加小心才行喔。」

我猛然倒抽一口氣。

脫魔法。

聽說年輕的魔法使放出大量魔力，或是魔力高漲起來的話，有時會昏倒的樣子。接著醒來時，魔力的質與量會提升到跟之前完全無法相比的程度——這種現象稱之為「脫魔法」。這是很少發生的現象，聽說修拉維斯先生還只有三次，就連維絲小姐也只有七次經驗而已。

順帶一提，聽說最強的魔法使馬奎斯先生是十九次，最偉大的魔法使伊維斯大人則有二十一次脫魔法的經驗。終結了暗黑時代的傳說的魔法使拜提絲大人，雖然不知是真是假，但歷史書上記錄著她經歷過四十三次脫魔法。

「潔絲，去向伊維斯大人報告吧。他一定會替妳感到開心才對。」

對了。我在伊維斯大人面前突然倒下，就那樣睡著了。想必讓他擔心了吧。我必須立刻前去向他報告才行。

我回了聲「是的」，急忙前往國王的寢室。

伊維斯大人看起來更加憔悴了，領口附近也露出一開始只有出現在右手上，像是地錦纏繞般的黑色痕跡。

我造訪的時候，伊維斯大人正茫然地眺望著窗外。

「潔絲。妳好多了嗎？」

一張椅子自動地移動到床鋪旁邊。不過那動作有些緩慢。

「託您的福，如您所見，我很有精神。讓您擔心了，十分抱歉。」

「無妨。話說回來，看來妳果然不愧是我看中的人才啊。居然已經是第二次脫魔法……」

奇怪？

「呃……這次是我第一次脫魔法。」

「坐下吧。我們來聊聊。」

聽到他這麼說，我坐到椅子上。我有些擔心，伊維斯大人是否身體狀況不好，才會記錯了呢？

「潔絲，妳知道我封印了妳的記憶吧。」

「……對。」

「其實就是在妳最初的脫魔法後，我封印了妳的記憶。在脫魔法後沒多久，所有魔法會從魔法使的身體上離開，防衛機制也會停止，換言之會變成毫無防備的狀態。我在那個瞬間將妳離開基爾多林家後到發生脫魔法那天為止的記憶封印了起來。」

「原來……是這樣呀。」

「這次妳脫魔法的時候，我的封印魔法也解開了，所以我再次重新施加封印。為何這麼拘泥於記憶？妳會感到疑問是當然的。重要的記憶被隱藏起來，縱然妳感到氣憤，我也不會驚訝。」

「什麼氣憤，請別這麼說……我聽說會這麼做是有理由的，從各位的人品來看，我也能理解那個理由想必是合情合理的吧。」

「妳的心地真是善良。不過，好奇心旺盛的潔絲，依舊會在意被封印起來的記憶究竟是怎樣的內容吧？」

「……是的，老實說是那樣沒錯。」

「這很自然。不過我也不打算輕易地解除封印，而且也不能告訴妳內容。只不過，告訴妳一件事吧。潔絲的記憶並非被消除。只是被封印起來而已。當潔絲優秀的魔力與深不見底的好奇心解除那個封印時，我們不會加以阻止。」

我察覺到了。伊維斯大人正在對迎接了第二次脫魔法的我說，有一天要靠自己的力量恢復記憶。

「……當然，我先說一聲，即使是潔絲的魔力，也還沒強大到可以解除我的封印。妳必須再經歷過一次或兩次脫魔法，才能到達那種領域吧。」

「這樣子嗎，我明白了。」

我也知道自己的肩膀失望地垂了下來。

在安靜的寢室裡，只有伊維斯大人沙啞的呼吸聲響起。

「……請問——」

有件事我無論如何都很在意，因此我開口說道。

「伊維斯大人您說我很優秀。但我還用不了多少魔法，而且也沒有特別聰明。請問您是以什麼為根據，判斷我很優秀的呢？」

伊維斯大人憔悴的臉龐露出笑容。

「有兩個根據。一個是潔絲罕見的好奇心、探究心。不知是像到誰，在不用靠自己去發現新事物也無妨的這個時代，妳仍會試圖盡全力去追求真理。那種才能是非常寶貴的。」

「是這樣啊。」

儘管嘴上這麼回答，我依舊不太能理解。

「妳一臉不相信的表情啊。這也很合理。我會發掘耶穌瑪時代的潔絲，是因為另一個理由。」

我緊張地嚥下口水，點了點頭。

「潔絲，妳殷切的祈禱之力引發了史無前例的奇蹟喔。」

我不曉得是什麼原因，腦海中浮現了美麗星空的影像。

「我的祈禱引發了什麼呢？」

「我不能說，因為會直接關連到封印潔絲記憶的理由。」

「是這樣……嗎。」

我有些失望，但忽然想起了某人對我說的話。

——就算自私任性，又有什麼關係呢？無論是誰都有向星星祈禱的自由。

但我怎麼樣都想不起來是誰對我說的話。

這時，放在伊維斯大人枕邊的水晶球突然閃耀起紅色光芒。伊維斯大人將手貼在水晶球上並閉上雙眼，與某人用魔法通訊了很長一段時間後，找了修拉維斯先生過來。我就那樣留在伊維斯大人身邊。

「爺爺大人，您有事找我嗎？」

是剛才在訓練中嗎？穿戴著黑色皮製防具的修拉維斯先生飛奔進寢室。

「馬奎斯聯絡我了。坐下吧。」

又有一張椅子移動到我近側。椅子在途中差點翻倒，但勉強來到了我旁邊。修拉維斯先生看來有些不安地觀察伊維斯大人的面容後，在我身旁坐了下來。他強壯的手臂與我的肩膀，彷彿隨時會碰觸到一般。修拉維斯先生注意到我的視線後，將椅子拉開，重新坐了下來。

「父親大人怎麼說？瓦解北部勢力的事前準備完成了嗎？」

「不，那件事似乎還沒好。」

「那麼是有什麼事情……？」

「事態突然有了變化。他變得難以繼續潛入，迫不得已只好使用龍擾亂局面的樣子。馬奎斯似乎打算就那樣留在那裡，從亞羅根他們的行動火速揭發北部的統治構造。」

「我能幫上什麼忙嗎？」

「說到這個嘛……據說諾特趁著騷動時逃走了。」

「逃走？」

我跟修拉維斯先生的聲音重疊起來。

「馬奎斯順利地在諾特身上設下了位置魔法。我會製作一張地圖來呼應那魔法，我想拜託修拉維斯接下來去偵察諾特一陣子。」

「意思是要我去監視反叛者嗎？」

「沒錯。這會是你第一份在外面的工作啊。不過，你沒必要殺他，也不必戰鬥。解放軍肯定會在最近到諾特身邊會合。我只是希望你從安全的地方監視他們而已。馬奎斯會負責善後。你辦得到吧？」

「我是辦得到……但實在太突然……」

「覺得不安嗎？」

「……不，沒那回事。」

修拉維斯先生用認真的表情搖了搖頭。他似乎很不安。

雖然我只是在旁聽著，但我下定決心，試著出聲說道：

「我也……可以一道去嗎？」

沉默。伊維斯大人和修拉維斯先生都一臉驚訝地看著我。

「妳想去嗎？潔絲。」

灰色眼眸從伊維斯大人凹陷下去的雙眼深處看向我。

「不，我是希望能幫上修拉維斯先生的忙……」

「不應該對國王撒謊喔，潔絲。儘管年邁受到詛咒又衰弱下來，我的魔力依然健在。」

「對……對不起！」

伊維斯大人用沙啞的聲音笑了笑。

「我說笑的。別那麼惶恐，我的孫女啊。妳會對諾特和外面的世界感興趣也是當然的。將那種心情隱藏起來才不妥。誠實正是潔絲的優點。」

「……是的。」

心臟怦咚怦咚跳。我是否說了多餘的話呢？

「我原本在猶豫是否要讓維絲陪修拉維斯前往……但這樣正好，就算了吧。修拉維斯也差不多該獨立了。潔絲，妳想去的話就去吧。」

「爺爺大人，可是外面……」

「我知道外面很危險。派你出去也是同樣的道理。以我的立場來說，如果是潔絲跟你就能放心了。而且，這也能成為你們加深感情的好機會吧。」

修拉維斯先生的椅子發出喀噠的聲響。一看之下，可以發現他的臉染成紅色。

「爺爺大人，現在正處於戰爭中。請別開這種玩笑……」

「無法對玩笑一笑置之，是你和馬奎斯的缺點。說不定這一點全部被荷堤斯給帶走了啊。」

伊維斯大人的笑聲，已經像是冬天從縫隙吹進來的風了。

「我已經決定了。修拉維斯與潔絲，你們兩人做好準備，在明天拂曉前出發吧。」

雖然是覺得會被拒絕仍說出口的提議，但萬萬沒想到居然被接受了。「是的！」我氣勢十足地這麼回應。

遲了一會兒後，修拉維斯先生點了點頭。

「我明白了，爺爺大人。」

但是——我這麼心想。假設諾特先生與我的記憶相關，派我到諾特先生那裡去，便是與封印記憶相反的行為。難道諾特先生跟我沒有關係嗎？還是說伊維斯大人刻意要刺激我的記憶呢？

伊維斯大人只是默默地微笑著。

第三章 人生不曉得會發生什麼事

尼亞貝爾是一座黑色石頭的城市。沿海是一整排石造堡壘，傍晚的黑色海洋中有各種大小的帆船擁擠地並列著。堆積暗灰色石頭建造而成的港口房屋因為海風而顏色不均勻，宛如迷宮一般錯綜複雜的石板道路分布在那些房屋之間。吊在屋簷下的提燈開始零星地亮起暖色光芒。涼爽的海風刺痛了因旅途而疲憊的身體。

雖然是座大城市，但跟城市規模相比，人似乎很少。

蘿莉、豬、黑豬、狗這種奇妙的隊伍，結束整整三天的旅程，總算來到了目的地尼亞貝爾。

瑟蕾絲讓黑豬聞著她手上拿的黑色內褲。

「……怎麼樣呢？」

——真香——不是，街上也有相同的氣味，但並非筆直的一條路，所以要追蹤有些困難呢。

薩農一邊狂嗅著內褲，同時這麼傳達。無論怎麼看都是個變態，但這姑且是有正當的理由。在「沉睡小馬亭」的地下室有好幾個線索，薩農從那些線索當中特定諾特親信的持有物時，找到的是名叫伊茲涅的女性的襪子與內褲，還有她弟弟約書的枕頭套。我們三隻決定分工尋找氣味時，因為我是一隻懂得分寸的豬先生，所以率先選了少年的枕頭套。「那麼，這也沒辦法呢。」

薩農這麼表示並選了內褲，羅西便負責剩下的襪子。沒有任何人去追究薩農不選襪子而選了內褲的理由。

我在嗅著內褲的變態黑豬與嗅著襪子的變態狗旁邊嗅著枕頭套。這邊的氣味就像是在男高中生的枕頭上添加了柑橘系的香味一般。一如薩農所說，的確可以在街上四處發現那股香味，但氣味的方向時而中斷時而分歧，並非一直線，因此無法特定出氣味的主人究竟在哪裡。

如果有他們當成據點的場所，即使有氣味聚集在那周遭也不奇怪，然而不知何故，卻找不到那種地方。

太陽已經要下山了。正當我們傷腦筋地在街上打轉時，黑豬忽然開始嗅起了餐廳的露天座位。飄散過來的海鮮氣味讓我的豬胃緊縮起來。

──蘿莉波先生，請過來一下。

聽到他這麼說，我前往那邊。

（發現什麼了嗎？）

黑豬又嗅了一次椅子後，看向我這邊。

──這張椅子的座面上有茲涅妹咩屁股的香味。

（啊，這樣喔……）

──選內褲的氣味來嗅真是選對了。茲涅妹咩似乎造訪過這間店呢。

原來如此。因為會用屁股坐在椅子上，所以如果想特定長時間停留的場所，把內褲的氣味當成線索或許也不壞。雖然總覺得他是後來才找理由將特殊嗜好正當化，但事關重大，我也認真地考慮一下吧。總之，我將鼻子湊近椅子的腳邊。

這是……

（有焦油的氣味。相當強烈。）

也有那個柑橘系的氣味。強烈的焦油味像要跟那些氣味重疊一般。

「焦油……？」

瑟蕾絲似乎對這個不熟。我向她說明。

（是指將木材隔絕空氣來加熱時會產生的黏稠液體。雖然也常拿來當成防腐劑或防蟲劑使用……但在這座城市，恐怕是用來防水的吧。）

這下似乎也能解釋為何在街上沒有疑似據點的場所吧。

船舶為了防水，會大量使用焦油。解放軍的幹部——伊茲涅與約書姊弟有相當高的機率是以船為據點。

「破裂項圈號」是大型的木造帆船。黑色船體在平穩的波浪上緩緩搖晃，折疊起來的白色船帆反射著天空日落後的妖豔紅紫色。火藥的氣味微弱地從大海氣味與焦油氣味的另一頭飄散過來。船體上用梅斯特利亞的語言寫著「破裂項圈號」的白文字，看起來像是最近才塗上去的。

要找到船很簡單。我們以警備最森嚴的棧橋為目標，隨即在那裡看到跟瑟蕾絲和薩農熟識的刀匠，立刻如願拜見了幹部。跟我們推測的一樣，解放軍的中樞目前在這艘「破裂項圈號」裡。船上有大約三十名戰士，據說還有大約十倍的同志潛藏在尼亞貝爾的街上。

對方帶領我們要搭上船時，瑟蕾絲露出了猶豫的神情。

（怎麼了，瑟蕾絲？）

我這麼詢問，於是瑟蕾絲一臉不安地仰望著船。

「呃，因為我是第一次搭船……」

聽她這麼一說，我回想起來。王朝規定耶穌瑪搭乘交通工具的話會判死刑，讓耶穌瑪搭乘的人也同樣是死刑。

就在瑟蕾絲躊躇不前時，黑豬用鼻子推了推瑟蕾絲小巧的屁股，催促她搭船。

──要是遵守王朝的法律，解放軍的大家早就被判死刑嘍。王朝知道硬要處罰的話民眾會強烈反彈，才沒辦法隨便出手。都到這裡來了，只能上船了啊。

雖然要聽將鼻子埋在蘿莉屁股裡的男人所說的話讓我多少有些抗拒，但結果我們還是相信薩農，搭上了「項圈號」。

我們立刻被迎接到船長室。

「哈哈──你就是諾特說的下流豬嗎？」

臨時船長伊茲涅是個黑髮馬尾的高個子女性，年齡跟我差不多。特徵是曬黑的肌膚與充滿攻擊性的銳利眼神，背後背著彷彿能把豬一刀兩斷的大斧。她大膽地張開雙腳坐在木箱上，身體稍微前傾，將雙手放在雙膝上。胸口衣冠不整地敞開來，露出諾特要是看到似乎會很開心的景色。

瑟蕾絲用感覺很不服氣的視線看向我這邊，這是為什麼呢？

將長髮綁成一條辮子的少女把裝有水的盤子放在我、薩農與羅西的面前。樸素的綠色連身裙裝扮，從她戴著銀製項圈這點，可以知道她是耶穌瑪。

「沒關係啦，莉堤絲，不用那樣顧慮獸類們。」

伊茲涅這麼說，朝被稱為莉堤絲的少女招了招手。莉堤絲讓那張雀斑很顯眼的臉頰「欸嘿嘿」地露出笑容，坐到伊茲涅的兩腿間。曬黑的手臂從後方繞到莉堤絲的腹部上。

……嗯？

「不過，真虧你能找到這裡呢，薩農。為了將來可以參考，告訴我你是怎麼特定的吧。」

伊茲涅將下巴搭在莉堤絲的肩膀上，這麼說了。

薩農請瑟蕾絲幫忙轉播，傳達給她。

——是氣味喔。我們拜託「沉睡小馬亭」的克洛伊特先生讓我們搜尋位於地下室的房間。

「小馬亭？」

伊茲涅的黑色眼眸看向瑟蕾絲，然後緊盯著她一直拿在手上的黑色內褲。瑟蕾絲迅速地將內褲藏到身後，但為時已晚。

「那……內……」

伊茲涅瞬間滿臉通紅。是感覺到什麼了呢？莉堤絲很快地站起身。

「喂，薩農。那個嗅了淑女內褲的鼻子，看來應該砍掉比較好啊。」

伊茲涅從腰包裡拿出黃色立斯塔，喀嚓一聲地嵌入背後的大斧。

——這……這是誤會啦，茲涅妹咩。嗅了內褲的是阿羅……

黑豬驚慌失措。伊茲涅瞪著羅西看，於是羅西緩緩地左右搖了搖頭。

謊言穿幫了。有罪。

伊茲涅站起身，架起大斧。閃電劈里啪啦地在大斧周遭流竄，臭氧彷彿腥味般的特異臭飄散過來。這女人拿的大斧是電系武器嗎？仔細一看，可以看到握柄的一部分似乎跟諾特的雙劍同樣是用骨頭製成的。

就在這時候，一直敞開著的船長室大門被人叩叩叩地敲響。

「冷靜一點啦。在回收行李時疏忽了的是姊姊啊。要怪妳東西都到處亂丟。」

這麼說著並走進來的是個黑髮且白淨的少年，年齡大概跟諾特差不多吧？雖然長瀏海遮住了眼睛，但高挺的鼻子與細長的下巴暗示著他有一張端正的容貌。少年背著的是非常長的十字弓。可以看到有兩根骨頭斜著擺放，像是要補強十字的骨架。

「嘮嘮叨叨的吵死了。畢竟是急忙離開的，那也沒辦法吧。」

儘管看似不滿地這麼說道，伊茲涅仍收起大斧，重新坐回到木箱上。

瀏海陰沉角色經過的時候，我的鼻子嗅到了那股柑橘系的氣味，瞬間恍然大悟。從他稱呼伊

茲涅為姊姊這一點來看，也可以確定這個少年就是約書沒錯吧。

「好久不見了呢，瑟蕾絲，妳過得好嗎？」

約書露出微笑，於是瑟蕾絲禮貌地一鞠躬。

「呃……是的，託您的福，我過得很好。」

「太好了。話說我剛才聽到薩農他怎麼樣……」

約書一邊說道，一邊俯視兩隻豬。

「奇怪，薩農，我還以為你消失了，結果變成兩隻？」

不不，不是的，這邊是四眼田雞的瘦皮猴混帳處男——我這麼自我介紹，於是約書抬起下巴，「啊」了一聲。

「就是那隻下流豬嗎？我聽諾特提過喔。」

感覺從剛才開始我就一直被說是下流豬，諾特究竟是怎麼描述我的呢？總覺得情報非常偏頗。我可不下流喔？

「……你是不是很清楚王朝的內部事情呢？」

三白眼從瀏海底下露出，那黑色眼眸貫穿了我。

（抱……抱歉，關於那些事……我不太記得了。說不定是被消除了記憶。）

我冷汗直流地這麼傳達，約書隨即面向莉堤絲那邊。再度窩回伊茲涅手臂中的莉堤絲笑咪咪地點了點頭。

「這樣啊。嗯，你大概也有你的難言之隱吧。我就不深入追究了。」

約書輕輕甩了甩頭，整理瀏海。

「那麼，姊姊，剩下的船似乎也能安排好嘍，明天早上就會準備完畢的樣子。大約在日出時能夠出發。」

伊茲涅一邊把玩著莉堤絲的辮子，一邊蹙起眉頭。

「早上？諾特不是很快就會到達嗎？要他等待的話，那傢伙一定會不高興喔。」

瑟蕾絲猛然看向伊茲涅。

「諾特先生很快就能過來了嗎？」

「對啊。幸好妳也急忙過來了呢，瑟蕾絲。我們打算等諾特一到達，就立刻出港朝南邊前進。」

總覺得瑟蕾絲的大眼睛似乎閃閃發亮。

原來解放軍打算與諾特會合後，立刻走海路離開嗎？感覺我們似乎是勉強趕上，只能說運氣真好。

約書嘆了口氣。

「就算妳那麼說，姊姊，物資還沒準備齊全啊。即使街上的人總動員，我想也得等到深夜才能出發喔。畢竟我們也不想大吵大鬧引人注目。」

「半夜可以出發的話，就半夜出發吧。別說什麼早上再出發這種天真的話，盡快地做好準備吧。」

「知道啦。」

「那麼，你快點走吧。莉堤絲幫忙分配一張吊床給瑟蕾絲吧。」

伊茲涅俐落地發出指示。聽到莉堤絲這個詞時，約書狀似有些不滿地看了看伊茲涅。

我們走下階梯到樓下。薩農向走在前面的辮子耶穌瑪搭話。

──妳的名字叫做莉堤絲嗎？

雀斑少女轉過頭來，露出微笑。

「現在是這樣沒錯。」

黑豬感到疑惑。

──之前有其他名字嗎？

「對不起……因為我是在半個月前喪失記憶，到處流浪的時候，被伊茲涅小姐他們撿回來的……我不記得之前的名字了。因此才請伊茲涅小姐幫我取了莉堤絲這個動聽的名字喔。」

──原來如此。是這麼回事呢。謝謝妳。

被稱為莉堤絲的少女為了讓獸類們也能一起睡，將位於角落，有寬敞空間的吊床分配給瑟蕾絲，然後小跑步地回到船長室的方向。

（薩農先生，為什麼你會向那女孩確認名字？）

我這麼問，於是黑豬用感覺有些嚴肅的眼神看向這邊。

——叫做莉堤絲的耶穌瑪已經死了喔。

我不禁起了豬皮疙瘩。

（……咦？）

——你看到茲涅妹咩與約書小弟的武器上使用的骨頭了吧。那就是莉堤絲。

我回想起大斧與十字弓。明明是感覺很重的武器，但兩人即使在船內也裝備在身上。就跟諾特一直隨身攜帶使用了伊絲骨頭的雙劍一樣。

（是跟那兩人有一段緣分的耶穌瑪……）

——對。他們兩人原本好像是王朝軍高層的血統喔，武藝非常卓越也是因為如此。但一直服侍他們家的莉堤絲似乎不講理地被處死了……他們在那時認清王朝沒有前途，後來變成了阿諾的同伴。

瑟蕾絲靈活地坐到吊床上，一邊緩緩搖晃著，同時默默地看著我們的樣子。她偶爾會心神不定地東張西望，是因為等不及諾特的到來嗎？

或許是看到了我的內心獨白吧，瑟蕾絲臉頰泛紅。但我先不管她，繼續進行剛才的話題。

（那麼，伊茲涅是**用已經死別的少女名字稱呼撿回來的少女**……？）

怪誕的現實讓我感受到五花肉疼痛起來。

——對，好像是那樣呢……雖然有一點讓人不太舒服的感覺，但這也表示茲涅妹咩的思念是那般強烈吧。一直觀察她的戰鬥就會明白。

（觀察戰鬥？）

——茲涅妹咩的大斧纏繞著激烈的電擊，不管是裝甲多麼厚重的奧格，都能一擊讓牠們昏倒，然後用下一擊確實地砍掉牠們的頭。約書小弟使用的弩箭被特殊的風守護著，可以精準地射穿在好幾百公尺前方的心臟。無論哪邊都是將立斯塔的魔力發揮出最大效率以上的結果喔。持有者的心靈與骨頭的心靈沒有完全相通的話，是無法實現這種事的。

我想起諾特的雙劍的火焰。可以用衝擊波砍遠處的敵人，或是靠反作用力讓身體跳躍起來，我一直以為那是非常方便的武器。不過……

（原來如此。也就是說使用者與已故耶穌瑪的羈絆，會直接關係到使用了那名耶穌瑪骨頭的武器強度嗎？）

——我認為是那樣沒錯。失去了最愛之人的人，才能將最強力的武器運用自如……說來真的很諷刺，但這也是解放軍的優勢呢。

記憶在腦內復甦。

——萬一潔絲被耶穌瑪狩獵者殺害，你也無所謂嗎？你打算到時才奪回項圈，用潔絲的骨頭打造一把新的劍嗎？

這是我在巴普薩斯為了讓諾特成為同伴所講的話。雖然是為了惹惱諾特讓交涉順利進行才這樣出言挑釁，但我那時對諾特講了絕對不該說的話啊——我這麼反省。窮鄉僻壤的獵人變成英雄的理由之一，是他對於伊絲那份過於強烈的思念吧。

我猛然看向瑟蕾絲。戀愛中的少女低下頭，盯著黑色的木頭地板看。黑豬一察覺到她的樣子，便說什麼想起有事要辦，突然跑到其他地方去了。

好不容易能與諾特見面，我卻想了多餘的事情，糟蹋了瑟蕾絲的心情。這種時候，應該向她說什麼才好——

「那個，混帳處男先生……請不用太在意我。我完全不要緊的。」

瑟蕾絲像是全身無力似的露出微笑。在有些要緊的時候也會主張不要緊，是耶穌瑪的壞習慣。

（嗳，瑟蕾絲，這世上能夠看透人心的傢伙並不多啊。有問題的事情不好好講出來的話，就必須獨自承擔，那樣只會變得很難受喔。）

瑟蕾絲的大眼睛看向這邊。我回望著她，於是瑟蕾絲開口說道：

「其實……我有一點害怕。」

（這樣啊。妳害怕什麼？）

「我在想諾特先生會不會已經忘了我……」

…………？

（怎麼可能忘記啊，又不是失憶故事的女主角。）

「我不是那個意思……諾特先生此刻正在我根本無法想像的逆境中，付出我作夢也想不到的努力。在那樣的諾特先生心裡，我這個存在究竟有多少分量呢？像我這樣的小丫頭跑來多管閒事，會不會造成麻煩呢？」

都到這裡來了才扭扭捏捏的瑟蕾絲，已經超越可憐的程度，反倒讓我無法理解了。

（即使瑟蕾絲的存在沒有很大，照理說也絕對不渺小喔。熟識的親近對象千里迢迢來到了這裡啊，諾特一定也會感到開心的。）

「您真的這麼認為嗎？」

（是啊。明明連面都還沒見到，妳別擔心多餘的事情啦。一直蜷縮起來的話，一輩子都會是渺小的存在。害怕被忘記的話，別讓他忘記便行了。就像妳為了見諾特來到這裡一樣，卯足全力陪伴在諾特身旁吧。瑟蕾絲應該會慢慢地變成對諾特而言很重要的存在。）

瑟蕾絲內心似乎有什麼糾葛。她思考了一陣子後，才開口說道：

「可是我……不想妨礙諾特先生的活躍。雖然害怕被忘記，但也不想太多嘴……所以我只要能在背後替諾特先生加油打氣的話……」

也用不著講這種好像很有禮貌的偶像宅一樣的話吧……

（好不容易來到這裡了，別說什麼在背後支持就好啦。瑟蕾絲可以用心之力和祈禱之力幫上諾特的忙對吧。妳只要緊緊地陪伴在身邊，盡全力支持諾特便行了。這麼一來，他總有一天會回頭看向妳的。）

瑟蕾絲緩緩地點了點頭。

「謝謝您……說得也是呢，重要的是盡全力幫上忙呢。」

我點頭贊同，於是瑟蕾絲稍微開朗地笑了。

過了一陣子後，薩農總算回來了。他的嘴巴不知為何叼著用金屬製成，像是眼鏡框的東西。

——瑟蕾妹咩，我帶了可以打起精神的道具來嘍。

瑟蕾絲從黑豬口中接過像是眼鏡的東西，歪頭感到疑惑。

「這是什麼呢？」

——這是一種叫眼鏡的東西的模型。我挺早以前就拜託阿爾小弟幫忙做這個，剛才我不抱希望地透過那個辮子女孩詢問了一下，結果他好像真的有製作，還幫我保留下來了。好啦，妳把那個打開，試著將彎曲的部分掛在耳朵上。

瑟蕾絲按照薩農所說的，一臉感到不可思議地戴上像是眼鏡的東西。

「這樣就行了嗎？」

看向這邊的眼鏡瑟蕾絲。

嚄嚄！我老實地感到嚄嚄！這名少女令人絕望地適合眼鏡！

我才在想怎麼好像很吵，原來是黑豬在一旁興奮地喘氣。真是不得了的變態豬。

自己的鼻子發出呼齁呼齁聲這件事，我想大概是錯覺吧。

——真棒呢！瑟蕾妹咩！非常適合妳喔！妳面向這邊，試著用手把那個稍微抬起來看看！

瑟蕾絲按照薩農所說的，輕輕地將眼鏡往上抬。唔喔，這實在是……

黑豬在一旁直跺腳，用全身表達感動。哎呀哎呀，實在受不了這個變態啊。真是夠了。

——好啦，蘿莉波先生有沒有什麼想指定的動作？

聽到薩農這麼詢問，我思考起來。說得也是呢，畢竟機會難得，請她說句話也不錯吧。

（瑟蕾絲，麻煩妳對著我這麼說說看——）

我向她傳達內容，於是瑟蕾絲儘管覺得害羞，仍小聲地開口說道：

「壞……壞壞的豬先生要接受懲罰喔。」

嚄嚄！

（薩農先生，實在太Good Job了。）

——對吧？從第一次相遇時起，我就一直覺得她很適合。在殘留著稚嫩氣息的圓潤臉頰上，讓輪廓緊緻起來的知性銀框！是眼鏡蘿莉的究極體啊！

…………

真是夠了，是個回天乏術的變態呢。待在他旁邊的話，感覺變態甚至會傳染給我啊。

（啊，對了，瑟蕾絲，這樣子如何？）

我的提議讓瑟蕾絲有一點納悶。儘管如此，她還是照辦了。

她視線朝上地看向我——

「哥……哥哥。」

呼嚄啊————！

諸位有被十三歲的眼鏡金髮美少女稱呼「哥哥」的經驗嗎？沒有？那還真是可憐！真遺憾啊！看來你們上輩子積的陰德不夠多啊！

看到我們嚄嚄地興奮不已，瑟蕾絲有些害羞似的露出笑容。

「呃……這個金屬配件有這麼好嗎？」

——棒透了啊！

由於興奮過頭，從黑豬口中發出呼科姆咰w的阿宅笑聲。

「可是……戴上這個的話，具體而言是什麼地方好呢……？」

黑豬僵硬住了。的確，被人問眼鏡好在哪裡的話……實在很難回答。諸位能夠用言語說明眼鏡的美好之處嗎？

思索了一陣子的薩農，慎重地開始解說。

——所謂的眼鏡呢，瑟蕾妹咩，是矯正雙眼功能的物品，經常會在看書或用功唸書時使用。所以伴隨著一種知性的印象喔。而且那個眼鏡所在的位置是眼睛的部分。所謂的眼睛在給別人的印象中也是個占了很大比例的器官，所以眼鏡不只會增添知性的印象，還可能是讓氛圍為之一變，甚至產生反差萌的裝置。我認為就是這點好喔。

「反差萌……？」

瑟蕾絲思考了一陣子。她像是稍微恢復了精神似的說道：

「那麼在諾特先生到來之前，我先戴著！」

因為旅途的疲憊而睡著的我們，被羅西的汪汪聲叫醒了。在我們睡迷糊，眼睛還睜不太開的期間，仍能看見白色巨體宛如子彈一般飛奔跑上階梯。下個瞬間我便掌握到發生什麼事了。

羅西會高興成這樣的事物我只想得到兩個，就是潔絲的美腿或羅西的主人。

無論是哪一個，對我而言都是很重要的存在，因此我也急忙地跟在羅西後面。眼鏡瑟蕾絲與黑豬也從我後方噔噔噔地跑了過來。

天空已經完全變暗了。羅西在甲板上彷彿快甩斷似的搖著白色尾巴，同時壓在某人身上，不停舔著對方的臉。拿著提燈的約書也在，他的身旁站著一個看來很純樸的陌生少年，年紀大概跟瑟蕾絲差不多大嗎？身上穿著鬆垮垮的樸素衣服，少年似乎對突然出現的動物園感到困惑的樣子。

「冷靜一點，我知道了啦⋯⋯」

可以聽見感覺就是個型男的聲音，讓我感到十分懷念。是諾特。看到他制止羅西爬起來的身影，我大吃一驚。

破爛不堪的衣服、消瘦的臉頰、無力地下垂的左手、位於喉結一帶的烏黑瘀青、從右臉頰到側頭部有一條很大的刀傷、留長而變得狂野的金髮——該怎麼說呢，印象完全不同以往。跟偶然撿到筆記本前後的天才高中生一樣判若兩人。

他的視線首先看向從船長室飛奔上來的伊茲涅。

「妳看來很有精神啊，真是太好了。」

伊茲涅感到安心似的鬆了口氣。

「我還以為再也見不到你了。」

「別說傻話了，我怎麼可能死掉啊。」

諾特一邊說，一邊用右手拍了拍伊茲涅的肩膀。伊茲涅用額頭指著位於諾特身後的少年。

「這孩子是誰？」

「他叫巴特，在鬥技場很照顧我。發生了很多事情，我就帶他來了。」

「哦，叫做巴特嗎。這名字不錯嘛。你要收他當徒弟嗎？」

少年抬頭仰望諾特的雙眼因期待而閃閃發亮。

「改天吧。」

遍體鱗傷的獵人這麼說著，同時總算將臉面向了這邊。

「瑟蕾絲，妳來了啊。」

諾特走了過來。「是的！」瑟蕾絲的聲音激動到變尖，但諾特依然一臉嚴厲的表情，沒有變化。

「這會是一趟危險的旅程。妳想回家的話，隨時都可以說。」

「……那個……呃……謝謝您。」

你……根本不知道瑟蕾絲是抱著怎樣的心情來到這裡的。

我憤怒地從鼻子發出呼齁聲，於是諾特俯視著我。我不禁感到畏縮。他的眼神已經不是我認識的那個喜歡巨乳的純情獵人的眼神了。

「好久不見了啊，下流臭豬仔。我聽約書說了。」

他稍微停頓了一下後，用低沉的聲音詢問：

「潔絲活著嗎？」

我看向瑟蕾絲。儘管雙眼在仿造的眼鏡底下濕潤起來，瑟蕾絲仍微微地點了點頭。

我請瑟蕾絲幫忙轉播，這麼傳達。

（是啊，她應該過得很好才對——在王都裡面。）

諾特仍然面不改色，他暫時像在思考什麼似的，然後開口說道：

「這樣啊，幹得很漂亮嘛。」

諾特沒有再多問什麼，他在黑豬面前蹲下，與薩農聊了起來。

我們從陰暗的甲板進入明亮的船長室。在船長室裡，莉堤絲——被這麼稱呼的少女正心神不定地等候著我們。

立刻跟薩農討論起計畫的諾特，看到少女的面貌便停下腳步。諾特的表情總算展現出變化。

他瞠大雙眼，大吃一驚。

「妳……應該死了啊……」

少女有些愣住，依然面帶微笑地歪頭表示疑惑。

諾特動了起來。他用右手拔出雙劍的其中一把，同時一口氣逼近到少女身邊。閃耀著紅色光芒的利刃一閃，描繪出漂亮的弧形，落到少女的脖子上。

鏘。

金屬聲響徹周圍。這一瞬間的事情讓每個人都凍結住，但諾特平淡地收起劍，用手臂扶住嚇到腿軟的少女。型男的臉龐接近少女的脖子。看來他似乎在觀察利刃擊中少女項圈的部分。

「是真的嗎……抱歉，是我誤會了。」

諾特搖了搖頭，讓少女坐下。倘若是真正的耶穌瑪的項圈，無論用何種方法都無法弄傷。他是從這一點來判斷這名少女是真正的耶穌瑪吧。

伊茲涅慌忙地跑了過來，用力推開諾特。

「你突然在做什麼啊！」

「抱歉，因為她跟在北部讓我逃走的耶穌瑪感覺有些相像……話說，這傢伙是誰？」

「是莉堤絲喔。」

「莉堤絲……？」

諾特看似疑惑地反問。約書開口說道：

「這女孩完全失去了到最近為止的記憶，之前在這一帶徘徊。雖然說話腔調很像北部的人，但她是貨真價實的耶穌瑪喔。所以我們收留了她。因為不知道名字，姊姊就叫她莉堤絲。」

「這樣啊……真是夠了，淨是一堆奇怪的事情啊。」

諾特坐到附近的木箱上，突然轉頭看向瑟蕾絲。

「瑟蕾絲，巴普薩斯燒起來了這件事是真的嗎？」

聽到諾特這麼詢問，瑟蕾絲立刻回答：

「是的。在三天前的早上，遭到北部軍隊襲擊……」

「也就是說有奧格嗎？」

瑟蕾絲點了點頭。諾特將視線從瑟蕾絲身上移開，嘆了口氣。

「看來巴普薩斯被燒掉似乎是我害的。真的很抱歉。」

沉默。我感到在意，不禁插嘴問：

（說是諾特你害的，這話是什麼意思啊？）

混濁的眼眸看向這邊。

「我們在針之森遭遇到一個壯漢對吧。」

（好像是叫大卸八塊的閻王？）

「沒錯。那傢伙似乎跟北部新王的貼身拷問官有什麼很深的羈絆。都是因為殺了那傢伙，拷問官才會對我深惡痛絕。我沒被盤問就遭到拷問，甚至連跟我有關連的巴普薩斯都……北部那些傢伙還糾纏不休地追殺著我。他們把我當成最礙眼的眼中釘。」

拷問官……？他的意思是區區拷問官的怨恨讓北部軍隊動起來了嗎？

當我對細節感到在意時，瑟蕾絲在我身旁將手貼在胸前，大聲說道：

「您受到了拷問嗎？」

諾特瞥了瑟蕾絲一眼。

「放心吧，不會留下什麼後遺症。因為有山豬在收容所大鬧、還有耶穌瑪逃走了什麼的，我的拷問在半吊子的地方結束了。」

「可是，您一定很痛苦吧。」

「別小看我。跟五年前的痛苦相比，肉體的疼痛根本……」

「啊……呃……對……對不起……」

瑟蕾絲的聲音轉眼間畏縮起來。

我陷入思考。已經知道巴普薩斯被挑出來針對的理由了。因為是跟解放軍首領諾特有密切關連的村莊，而且那個諾特被人強烈地怨恨著。不過，比巴普薩斯北邊的城市並沒有受到任何損傷，為什麼北部勢力能夠在這種狀態下只針對巴普薩斯發動襲擊呢？然後，剩下的疑問還有一個。我們再度轉移到梅斯特利亞來的隔天早上，巴普薩斯便遭到襲擊，這真的是偶然嗎……？

正當我感到納悶時，約書走到我們之間，將某樣東西交給諾特。

「諾特，難得瑟蕾絲都過來了。這個給你，拿去用吧。」

放在他手上的是黑色六角柱的玉石——也就是魔力之源，立斯塔。

諾特躺在木頭地板上。瑟蕾絲跪在他身旁，像是要包覆住一般用雙手拿著黑色立斯塔，用力地貼在額頭上。瑟蕾絲緊緊地閉上了雙眼。

耶穌瑪用黑色立斯塔進行祈禱的話，能夠引發只有魔法使才能夠創造的奇蹟。最顯著的例子便是治療傷勢和疾病。

位於諾特側頭部的傷痕，立刻一點點地消失了。

我們從有些距離的地方看著他們的樣子。

約書朝我跟薩農小聲地說道：

「我真羨慕諾特啊。因為有瑟蕾絲在，無論多嚴重的傷勢都能痊癒呢。」

我拜託被叫做莉堤絲的少女幫忙轉播，詢問約書。

（什麼意思？瑟蕾絲很擅長治療嗎？）

「不是那樣子啦……但該怎麼說呢？薩農，幫忙解釋一下嘛。」

——耶穌瑪用祈禱治癒人的能力，跟她感情的強烈程度有很大的關係喔。不是知識或技術的問題。倘若對象是陌生人，說不定就連手指的肉刺都治不好。她的祈禱只有在治療重要的人時才會發揮出強烈的效果。如果是關於阿諾的事，瑟蕾妹咩的感情強烈到甚至能治好那種嚴重的傷勢喔。

我想起薩農在「沉睡小馬亭」對瑪莎說過的話。

——關於治癒諾特小弟的能力，瑟蕾絲妹妹更是出類拔萃。瑟蕾絲妹妹對解放軍而言是必要的存在。

然後我自然地回想起來。想起我在基爾多林家的農場被捅了一刀時，治癒了我的耶穌瑪少女。傷勢嚴重到差點失血過多死亡的豬，完好如初地恢復成健康的身體。這表示潔絲是那般重視我、需要著我。

明明如此，我卻……

布蕾絲會放棄生命，說不定也是因為這樣。我原本以為只要有立斯塔，或許潔絲便能幫忙治療她腹部的傷，但並非那麼回事。

我總以為是理所當然的。我一直誤解了耶穌瑪的能力。無論是怎樣的傷都理所當然地能治好

——我擅自這麼推測了。然而，並不是那麼回事。

我搖了搖頭，甩開多餘的想法。真是的，我到底在想什麼啊。

祈禱幾分鐘就結束了。諾特爬起身，雙手轉了幾圈。雖然喉嚨上像是瘀青的痕跡沒有消失，但除此之外的部分似乎都已經痊癒了。

「謝謝妳啊，瑟蕾絲。妳累了吧。妳到下面休息一陣子吧。」

瑟蕾絲本來將手伸向諾特那邊，但不知是想到些什麼，她的手縮了回去。

「那個……我不能一起待在這裡嗎？」

諾特一臉不可思議似的蹙起眉頭。

「呃……我很高興妳有這份心，但在準備出港的期間，不是很需要瑟蕾絲的協助。妳只要在我們找薩農或下流豬商量計畫的時候，跟他們一起過來，幫忙轉播對話就行了。妳剛經歷了長途旅行吧。為了下次的工作，妳先好好地休息吧。」

「說……說得也是呢，我明白了……」

喂喂喂，你是什麼超級遲鈍的輕小說主角嗎？這讓我不禁焦躁起來。

瑟蕾絲碎步跑向這邊，朝我與黑豬露出微笑。

「……好像是這麼回事，我們暫且到下面休息吧。薩農先生和**混帳處男**先生一直在走路，一定也累了呢。」

在她笨拙的笑容上，到最後都沒有被提及的仿造眼鏡空虛地閃耀著。

瑟蕾絲笑著說「他好像沒有很喜歡呢」並拿掉仿造眼鏡後，趴倒在吊床上。但她沒有入睡，幫忙轉播我與薩農的討論。

——接下來的行動很重要喔，蘿莉波先生。我們順利地與阿諾他們會合了。但這不過是最初的階段呢。我們要盡全力幫他們想辦法，改變這個世界。

傳遞到腦海中的那個聲音，已經不見愉快的蘿莉控阿宅的影子。

——首先致力於打倒北部勢力那群最差勁的傢伙吧。要打倒他們，說不定遲早必須跟合不來的王朝共同戰鬥。到時唯一跟王朝接觸過的蘿莉波先生，應該會成為非常強力的關鍵人物——不，應該說關鍵豬才對。你明白的吧？

（當然。請交給我辦。）

——打倒北部勢力之後，接著當然就是以解放耶穌瑪為目標。至於要以什麼形式來挑戰身為制度根源的王朝，目前還完全不曉得，但很接近王朝的蘿莉波先生在這邊也依然會是關鍵豬。在最糟的情況下，也可能會變成蘿莉波先生站在王朝那邊、我站在解放軍這邊，兩隻豬都被捲入對立的局面。不過我們的目的是一樣的——便是拯救不幸的少女們。請讓我重新確認一下這點。

（沒錯呢。這點是不會錯的。彼此都盡力而為吧。）

這時我思考起來。解放耶穌瑪——作為諾特夙願的這個終點，當然也是我的願望。對於像布蕾絲那樣受到折磨然後死亡的少女們，我不可能用一句「無可奈何」而不了了之。

不過，不過啊。使用了那些耶穌瑪的維持機制，也可以說是王朝為了防止暗黑時代再次到來的政策關鍵。然後潔絲已經是王朝的人了。假如、萬一解放耶穌瑪與潔絲的幸福被放在同一個天秤上時，我真的能夠選擇解放耶穌瑪嗎？

要潔絲作為王朝的人活下去的是我。這樣我有資格說什麼「果然還是要摧毀王朝」這種話嗎？諾特的願望實現的時候，我能夠在自己動手破壞的世界另一頭，讓潔絲獲得幸福嗎？

黑豬從鼻子發出齁聲。是我的迷惘傳遞給他了嗎？

——蘿莉波先生，我可以問一個問題嗎？

對於他認真的語調，我也同樣認真地回答。

（請說。）

——身為耶穌瑪的女孩們會對蘿莉波先生和我坦率地吐露出心聲，你覺得這是為什麼呢？

我原本預料他可能會勸導我的迷惘，所以聽到他這麼問，我稍微安心了點。

（這……是因為我們依偎在身旁的關係吧？）

——不，不對。

（呃……那麼，薩農先生認為是什麼原因呢？）

——因為**我們是豬**。

站在原地不動並看著這邊的黑豬十分詭異，感覺有些可怕。

（因為是豬……？）

——對，耶穌瑪少女們會對這種噁到爆表的阿宅敞開心房，絕對不是因為我們是可靠的好人，而是因為我們是豬。因為我們是最底層的她們唯一能夠信任的存在，是**連最底層都算不上的存在**喔。

這番話讓我猛然驚覺。潔絲、瑟蕾絲，還有布蕾絲……她們對我坦承了自己殷切的心情。向才剛見面的我哭訴、抱住我……彷彿洪水決堤一般，告訴我讓她們難受的事情還有一直想做的事情。那並不是因為她們判斷我足以信賴，而是因為除了我以外、除了豬以外，她們沒有能夠說話的對象。

因為我是第一個連她們都不如的存在。

大家都是這樣的吧。沒有任何怨言地一直支撐著社會的少女們，大家都很難受、彷彿遭遇挫折一般，但又不能找任何人商量，活著只會受到壓榨，然後遭到殺害。

「不……不是的。」

瑟蕾絲抬起頭，插嘴說道：

「薩農先生和**混帳處男**先生真的都是很棒的人。絕對不是因為你們是豬，那種事情我一點都沒想過……」

黑豬的雙眼還是一樣刺人地看著這邊。他想傳達的訊息非常明確。

想想我們之所以是豬的理由吧。那就是我們來到梅斯特利亞的理由，是我們的存在價值，也是我們的使命——

半夜。在受到平緩的波浪搖晃著的船上睡得正香的我，被瑟蕾絲用戳的叫醒了。我通過蜷縮起來睡覺的黑豬旁邊，跟著瑟蕾絲來到甲板。涼爽的海風吹散焦油的氣味，溫柔的海浪聲以緩慢的週期迴盪著。

約書盤腿坐在主桅的瞭望台上打瞌睡。項圈號已經幾乎準備完畢，現在正在等候其他船隻做好出港準備吧。為了讓約書從那個角度看不到，瑟蕾絲在暫時擺放著的木箱後面雙手抱膝坐著，邀我到她身旁。

——在您休息的時候把您吵醒，對不起。

（沒關係的。有事要商量嗎？）

——呃……一半是商量，一半不是。

（什麼都行，說來聽聽吧。）

——關於剛才薩農先生所說的事……的確是那樣也說不定。如果**混帳處男**先生不是豬，我想三個月前的那個夜晚，我應該不會找**混帳處男**先生商量諾特先生的事情。

（嗯，我想也是。關於這部分我並沒有誤會，所以不要緊的。）

——可是，潔絲小姐不一樣。

瑟蕾絲的大眼睛捕捉著我。

——雖然那時候沒有向您說……但潔絲小姐喜歡**混帳處男**先生。那跟我對諾特先生抱持的心意十分相似。潔絲小姐絕對不是因為**混帳處男**先生是豬，才信任您的。只有這一點，我無論如何都想先告訴您……

瑟蕾絲的大眼睛濕潤起來，她將臉別向一旁。

——老實說，我非常、非常羨慕。竟然有能夠像那樣互相愛慕的對象……竟然有無論何時都願意陪伴在身旁的人……我真的很羨慕潔絲小姐……所以，雖然我不曉得兩位為什麼會分離，但我希望**混帳處男**先生有一天可以回到潔絲小姐的身邊。我認為**混帳處男**先生應該待在潔絲小姐身旁。

瑟蕾絲的小手在小腿前緊緊握拳。

——那個……對不起，我不太會表達……

（謝謝妳。妳想說的話很清楚地傳遞給我了。）

然後我也很明白自己該對她說的話。

（剩下那一半要商量的事情，是關於諾特嗎？）

——……是的。

瑟蕾絲沒有要看向這邊的意思。

（薩農先生雖然是個溫柔的人，但注視的東西實在太龐大，要找他商量感覺有點難開口呢。）

瑟蕾絲的頭曖昧地搖晃了一下。那個人雖然是真正的蘿莉控，但骨子裡仍是個彷彿使命感化身的人，比起瑟蕾絲的感情，他更在意諾特等解放軍的將來。瑟蕾絲沒辦法找薩農商量過於私人的事情吧。

（諾特他……真的是個混帳傢伙呢。明明有這麼可愛又專情的眼鏡女孩特地跑來，他卻用那麼冷淡的態度對待。）

——那個，我並不可愛……

（沒那回事。妳的可愛程度僅次於潔絲喔。）

瑟蕾絲稍微笑了一下，然後向我傳達「謝謝您」。

——我還是覺得這樣就行了。諾特先生已經只看著前面……我很明白他根本沒有餘力看向我這邊。只要能待在諾特先生身旁、能幫上諾特先生的忙，我覺得這樣就行了。

淚珠從瑟蕾絲的眼睛滴答地掉落到膝蓋上。

——但是，我果然還是很痛苦……該怎麼做，這種痛苦才會消失呢？

（誰跟妳說了諾特不會看向瑟蕾絲這邊啊。）

我這麼傳達，於是瑟蕾絲用死心的表情看向我。

——無論由誰來看，都是這樣的。因為我們一點也不相配。諾特先生是受到每個人仰慕的英雄，我卻是鄉下的侍女……而且我根本沒有胸部……

（喂喂，才十三歲的女孩在講什麼啊。說不定今後會變大吧。）

——看起來會變大嗎……？

我的確不太能想像胸部很大的瑟蕾絲啊。

——果然呢……

那個，這是我的內心獨白……

（但是，有一點我先聲明，我認為諾特不是喜歡胸部大的女性，只是喜歡大胸部而已喔。）

我自己都覺得好像講出了非常哲學的一句話。

——為什麼您這麼認為呢？

（因為那傢伙以前喜歡的伊絲，胸部也沒有很大不是嗎？）

——呃……為什麼您能這麼肯定呢……

（很簡單。因為瑪莎和諾特曾經說過潔絲與伊絲非常相似。）

——…………

咦，我說了什麼奇怪的話嗎？

瑟蕾絲呵呵笑了。

——您說這種話，不會挨潔絲小姐罵嗎？

雖然是詭辯，但她能像這樣露出笑容是最好的。

（不要緊。因為除了瑟蕾絲以外沒人在聽啊。）

——是嗎？

突然有不同的聲音在腦內響起。

我大吃一驚，環顧周圍，可以望見穿著黑色長袍的某人蹲在瑟蕾絲後面。那人戴著兜帽，看不見長相。那傢伙迅速地摀住瑟蕾絲的嘴。瑟蕾絲微微地抽搐一瞬間後，閉上雙眼垂下了頭。她抱著膝蓋的手鬆開了。

怎麼會，難不成……

「齁！嗯齁！」

我急忙從鼻子發出哼聲，穿著長袍的可疑人物頓時來到我眼前，用雙手按住我的鼻頭。

我總算能看見藏在兜帽底下的臉。深邃立體的五官。捲起來的金髮。

是國王的孫子，修拉維斯。

——麻煩別出聲，我不想被發現。那女孩沒事。

修拉維斯放開我後，溫柔地抱住差點倒地的瑟蕾絲，讓她躺在甲板上。我陷入混亂，無法動彈。

就在這時候。才心想怎麼響起了像是笛子的咻咻聲，只見有什麼東西命中了修拉維斯的背後。長袍裡面是裝了鐵板嗎？「什麼東西」發出鐺的聲響，被彈開了。

我看向掉落的東西。那是十字弓的箭。

修拉維斯敏捷地站起來後，連頭也沒轉過去，便朝箭飛來的方向伸出手。銀白色電擊從他的手前方竄出，擊中瞭望台。可以看到約書當場倒了下去。

下個瞬間，宛如落雷般的閃光與轟隆巨響爆發，甲板的一部分裂開了。有人影從樓下伴隨著木屑衝上來。手上拿著大斧。

可以看見大斧以黑暗的天空為背景，纏繞著電擊。衝上來的人影在半空中轉了一圈。然後憑著那股氣勢將斧頭的利刃朝修拉維斯筆直地——

不妙！

——閃遠一點。

修拉維斯的聲音在腦內響起。我為了保護瑟蕾絲後退一步。

啪哩！

大斧的利刃確實地揮落到修拉維斯在臉部前方交叉的手臂上。不過那利刃在強烈的火花炸裂的同時被反彈回去。

修拉維斯儘管沒有負傷，仍因為衝擊而站不穩，後退幾步。

火焰在視野角落一閃，一個人影朝修拉維斯後方跳躍過去。

是諾特。諾特已經逼近到修拉維斯背後，用手臂環住他的脖子，將閃耀著紅色光芒的利刃對準喉嚨。

「投降吧。報上名來。」

受到諾特威脅，修拉維斯依然文風不動。第一擊被彈開的伊茲涅重整姿勢，將大斧前端對準修拉維斯。

有條不紊的互相配合與波狀攻擊。用約書的攻擊分散注意力，靠伊茲涅的大招讓對方重心不穩，然後諾特趁機鑽進來。當然，如果是一般人，大概已經死了三次吧。

「不好意思，我不會報上姓名。也不會投降。」

可以聽見冷靜沉著的聲音。

「竟然能彈開大斧，你不是人類呢。魔法使嗎？」

伊茲涅這麼問。

「是的話，你們要怎麼做？」

「殺了你。」

諾特立刻回答。

「殺得了嗎？想想自己身陷的狀況吧。」

修拉維斯推開喉嚨上的劍，離開諾特身邊。諾特維持從背後逼近修拉維斯的姿勢，僵在原地。他似乎動不了。

身穿黑色長袍的修拉維斯以壓倒性的存在感支配了現場。

「抱歉打擾你們了。我不打算與你們交戰。這個女孩跟瞭望台上的弓箭手都只是昏過去而已。我無意責怪你們讓耶穌瑪搭船這件事，也不打算把這艘船的事情通知王朝軍。我的要求只有一個，就是這隻豬而已。」

回過神時，我已經被看不見的力量拉起全身，飄浮在半空中了。

「或許你們與我們永遠無法徹底地互相理解。但我希望總有一天。我們能一同讓這個梅斯特利亞變得更好。」

修拉維斯平淡地這麼說道後走到船舷，越過扶手跳向大海。我的身體也像是要追趕在後似的移動起來。大約十公尺底下的海面，修拉維斯理所當然似的在附在帆船旁的小船上等待著。

浮游到海面往下降落的過程中，老實說我差點嚇到尿出來。

「走吧。」

讓我搭上船後，小船彷彿水上摩托車一般開始在海面上滑行。

我被修拉維斯帶走，來到了據說是由王朝管理的沿海堡壘。入口的門並列著一排拿著槍或矛的王朝軍士兵。

全部石造的堡壘像是要貼在形成懸崖的尼亞貝爾海岸上一般被搭建起來，是橫向長方形的建築物。內部裝潢也有稜稜角角的灰色石頭裸露出來，設置於各處的火把照亮著陰暗且漫長的走廊。從走廊隔著裝有鐵欄杆的窗戶，能夠俯視一片漆黑的海洋。

「我想應該是錯覺，但你剛才是不是提到了關於潔絲胸部大小的話題？」

修拉維斯一邊在沒有人煙的走廊上快步前進，同時像是突然想起來似的說道。

（不，怎麼可能……談論王妃候補人選的咪咪實在太過失禮，在下豈敢……）

我敷衍過去。修拉維斯聳了聳肩。

「算啦。相對地告訴我一件事。你為何回來了？」

修拉維斯不看這邊地問了。

問我為何……

「你無法對潔絲完全死心嗎？」

（不是。）

我立刻斷言。

「你無法原諒爺爺大人的方針——無法原諒對耶穌瑪的待遇嗎？」

（……是的話，你會怎麼做？）

「要思考那一點的人不是我。」

修拉維斯停下腳步，打開右手邊的門。

該不會是——我這麼心想並窺探著對面，但那裡只是空蕩蕩的空房間。

「潔絲不在這裡。她在不同房間待命。」

聽到這句話，我的心臟跳了起來。血液咕嘟咕嘟地循環到全身，我感受到肝臟開始被煮熟。

潔絲在尼亞貝爾這裡嗎？

「事情有一點複雜。你願意接受條件的話，我就讓你見潔絲。」

修拉維斯這麼說，坐到放在牆邊的椅子上。房門在我的身後自動關上了。

（條件？）

我一邊讓呼吸平靜下來，一邊這麼反問。

「有三個條件。首先，你要成為我的同伴。」

修拉維斯這時總算卸下了兜帽。白皙的肌膚與彷彿西洋雕像一般讓人印象深刻的容貌顯露出來。他濃密的眉毛用力蹙起，讓嚴肅的表情變得更加立體。

（你想要這種無力的豬當同伴嗎？）

修拉維斯沒有點頭，繼續說道：

「也會有想要拜託豬幫忙的時候。王朝的情勢改變了。爺爺大人──國王伊維斯遭到某人詛咒，目前在王都臥病在床。接下來負責指揮的是我的父親馬奎斯。」

（等等，你說國王遭受詛咒了？被誰詛咒？）

「要是知道就不會這麼辛苦了。有一點可以確定的是，爺爺大人已經來日不多了。」

修拉維斯平淡地說道。

「父親雖然是個具備信念的男人，但冷酷無情，也不像爺爺大人那樣深謀遠慮。倘若把政治都交給父親處理，梅斯特利亞肯定會朝不好的方向前進。我不想對這件事置之不理。希望你可以協助我。」

（你的父親有那麼不通情理嗎？）

「他個性武斷，又出乎意料地極端，是會將巴普薩斯的修道院整個燒光的人。現在也一樣，他違背爺爺大人的命令將北部王城燃燒殆盡，結果不曉得北部軍的下落，正到處東奔西走。爺爺大人明明再三叮嚀他要等查清了指揮系統再攻擊……」

且慢且慢。燒掉修道院的是修拉維斯的父親？而且他還把北部王城燒光了？他是專門放火的藝人嗎？

我先整理了一下腦袋後，這麼傳達。

（我明白你對父親的統治感到不安這一點了。目前我對你的想法也沒有異議。不過，只是一隻豬的我能辦到什麼？）

「那就是第二個條件。希望你可以擔任王朝與解放軍的中間人。」

（中間人……不能由你本身來擔任嗎？）

「你剛才看到了吧。王朝的人是耶穌瑪這種制度的根源，解放軍對王朝的人可是憎恨到想殺了他們。實際上，我也差點被他們殺掉……我當真以為會沒命。」

（是這樣子嗎……？你看起來很從容地擋住了攻擊啊。）

「要是沒有爺爺大人製作的這件長袍，我肯定已經死了。要是那個火焰劍士一口氣刺穿我的喉嚨，我當時就沒命了。我——王朝的人沒有立場能直接與他們交涉。所以我才想請你幫忙擔任那個角色。」

（原來如此。如果是那樣，我好像也能辦到。不過，我不明白你打算跟解放軍進行什麼交涉。你覺得跟合不來的傢伙一起共同戰鬥，會有那麼順利嗎？）

「這……老實說，我也還不曉得。只不過有一點可以肯定的是，照現在這樣下去，王朝和解放軍都會撐不下去。在我們對立的時候，北部的威脅已經逐步逼近。真面目不明的強敵，還有不管打倒幾次都會湧現出來的兵力。照這樣下去，無論哪邊都會全滅。明明想讓這個國家變好的心情是一樣的……為了梅斯特利亞的未來，我認為有比現狀更好的道路。希望你可以跟我一起找出那條路。」

修拉維斯乍看之下冷靜沉著的雙眼，仔細一看會發現顯露出不安的神色。大概有出乎意料的狀況接連發生吧。正因如此，他才會找上這種豬求助。

（我了解了。第三個條件是什麼？）

我這麼問，於是修拉維斯將視線從我身上移開，稍微思考了一下後，開口說道：

「這可能是對你而言最難受的事情……」

修拉維斯的雙眼筆直地注視著我。

「潔絲從離開服侍的人家後到你離去為止的記憶，全部被爺爺大人封印起來。**當然她完全不記得你的事情**。希望你可以當作今晚是第一次跟潔絲見面，絕對不要揭露真實身分。」

啥…………？

「爺爺大人似乎有爺爺大人的想法，就連我同樣被禁止碰觸潔絲記憶的空白領域。希望你也可以體諒國王的意圖。如果無法遵守這點，我便不能讓你見潔絲。」

我的腦袋暫時陷入一片空白，但我冷靜下來，試著重新思考。

這對我而言也正好不是嗎？

我很想見潔絲。但我曾一度從潔絲的人生中退出了。潔絲作為國王的親屬，將來受到了保障。直截了當地說，我一直不知道自己該拿什麼臉去見潔絲才好。

這裡不就有人準備了一個完美的解答嗎？是吧？諸位也這麼認為吧？

我能夠再見到潔絲，也不會妨礙到潔絲的人生——

（我接受。好吧。只要成為你的同伴、擔任王朝與解放軍的中間人，還有當作跟潔絲是第一次見面就行了吧？感覺比想像中有趣。務必讓我協助你。）

是對過於起勁的我感到疑惑嗎？修拉維斯慎重地說道：

「太好了。不過，可以問你一件事嗎？」

（好。）

「雖然現在完全是有名無實，但潔絲名義上是我的未婚妻。而且我知道你對潔絲抱持什麼想法。因此我想詢問一下。你不憎恨我嗎？」

……憎恨？他以為我會有那種想法？

（你是不是誤會什麼了？我並不是喜歡潔絲。我只是**支持潔絲**而已。所謂的好阿宅啊，就是要默默地支持力推對象，絕對不會想將力推對象占為己有，也不會嫉妒。只是悄悄地在背後支持，盼望力推對象能幸福而已。）

諸位也是這樣的吧？善良的阿宅絕對不會對力推對象認真地抱持戀愛感情。

修拉維斯暫時看著我，沒多久後像是理解了什麼似的揚起嘴角，露出微笑。

「……是嗎。那麼，就當作是這樣吧。可以相信你吧。」

（那當然。要是我打破約定，看你要把我清蒸紅燒還是生吃都無所謂。）

「不，又不是笨蛋，我不會生吃豬肉啦……」

這樣啊。

（那麼，就這麼決定啦。只要你可以接受，便讓我見我**力推的對象**吧。）

我默默地沿著陰暗的走廊前進。豬心冷靜不下來。畢竟要與力推對象面對面，這是當然的。

我看向窗外，只見大帆船將原本捲起的船帆張開來，正準備接下來要出港。是「破裂項圈號」。準備終於齊全了吧。既然已經被王朝的人發現，他們的心情理當也不舒服，肯定想早點離開尼亞貝爾。

彷彿鍬形蟲的下顎一般突出的兩個海岬之間，是尼亞貝爾的港口。一片漆黑的海洋在海岬外頭擴展開來。項圈號會載著諾特、瑟蕾絲和薩農上哪去呢？

…………嗯？

這種忐忑不安的心情是怎麼回事啊。因為要見金髮美少女，所以過度緊張嗎？不，這種不舒服的感覺，反倒像是……

我想起諾特說的話。

——北部那些傢伙還糾纏不休地追殺著我。他們把我當成最礙眼的眼中釘。

還有剛才聽說的修拉維斯的話。

——現在也一樣，他違背爺爺大人的命令將北部王城燃燒殆盡，結果不曉得北部軍的下落，正到處東奔西走。

是我想太多了嗎？似乎把殺害諾特擺第一的北部軍不在王城附近，據說目前不見蹤影。我不覺得那個獵人很習慣大海。希望他不會在海上與北部軍發生衝突就好……

這時我回想起來，想起襲擊了巴普薩斯的那些北部軍，想起有海洋的氣味從軍隊的方向飄散過來，想起叫做奧格的怪物手腳上有像是蹼的東西……

我在船上抱持的疑問。

——比巴普薩斯北邊的城市並沒有受到任何損傷，為什麼北部勢力能夠在這種狀態下只針對巴普薩斯發動襲擊呢？

倘若他們是沿著陸地進軍，便無法解釋這種現象。但是，如果是從海上呢？那個奧格的蹼難道不是適合在海中移動的構造嗎？

（噯，還是先等一下。）

我這麼呼喚，於是修拉維斯停下腳步。他將手指貼在嘴唇上，認真地思考著什麼。

「你的推測我都聽見了。然後我想起了爺爺大人感到不可思議的事情。北部軍明明很巨大，卻很少會被赫庫力彭的監視網捕捉到。明明現在讓赫庫力彭集中在北部那邊。你覺得這是為什麼？」

（……因為海上沒有赫庫力彭嗎？）

「對，看來那種可能性非常高。」

修拉維斯看向大海。以項圈號為前頭的船團似乎準備好要出港了。

「照這樣下去很不妙啊。要是在海上被包圍，解放軍甚至有可能全滅。」
（既然這樣，早點警告他們比較好。船說不定已經要出發嘍。）
修拉維斯思考了一陣後，開口說道：
「……我知道了。我迅速地去傳話給他們。潔絲就在這走廊盡頭的房間。麻煩你在那裡跟潔絲兩人一起等著。」
他準備離開，但又轉了回來。
「你可千萬別忘了約定喔。」
修拉維斯戴上兜帽，沿著剛才過來的走廊開始往回跑。
我看向石造走廊的盡頭，那裡有一扇感覺很老舊的木製門扉。散發著光澤的橙黃色木材。我移開視線。黑色的大海。在遠方緩慢動起來的船團。
嗯，在這裡裹足不前也不是辦法吧。修拉維斯已經離開了。如果沒有能夠溝通的人，我就只是一隻平凡的豬。沒錯，我只能打開那扇門。
豬心——我的心臟怦咚怦咚地跳個不停。我慢慢前進。
我來到了盡頭。門把在很高的位置。我的腳實在構不到。
只是要開門也緊張成這樣，上次這麼緊張，說不定是我被高中的班導說「你等一下到辦公室來」而前往教師辦公室那時了。當時我擔心得要命，心想是不是我在上課時看色色輕小說的事情被發現了。

不不，我在想些什麼。快開門吧。

我下定決心，用鼻子使勁戳了戳房門。喀鐺。房門發出聲響。

「……修拉維斯先生？」

從裡面傳來令人懷念的聲音。不，我沒辦法。這種情況我受不了。我果然還是——

房門打開。令人難以置信的美少女就站在那裡。

…………

「…………？」

我們四目交接。

「哎呀。您在這種地方做什麼呢？」

…………

「您跟飼主走散了嗎？」

少女蹲了下來。她的膝蓋還是一樣毫無防備地張開，白色的……

「…………？」

不行。內心獨白都會被她給看透啊。

「豬先生……」

褐色眼眸窺探著我。

「您在哭嗎？」

聽到她這麼說，我才發現有冰冷的水滴流過臉頰。不是的，這是……

「那個……該不會豬先生聽得懂我說的話？」

（……沒……沒錯嚄嚄！其實我是豬妖精喔嚄嚄！）

「咦咦咦！您是妖精先生嗎！」

居然會相信這種鬼話？妳是純真的輕小說女主角嗎？

「……輕小說？」

美少女一臉疑惑。不是不是，我不是想說這些。

（呃……呃，我來回答妳剛才的問題豬！我會流下眼淚不是因為感到開心或悲傷喔豬！要是有異物進入眼睛，為了將異物沖走，淚水會反射性地流出來喔豬！）

「語尾改變了……？」

不行。我太驚慌失措，角色都搖擺不定了。

「那個，您不用勉強也沒關係喔。況且真正的豬先生也不會發出嚄嚄還是豬的叫聲……」

的確。從今以後為了追求真實感，我決定將語尾改得寫實一點齁。

「真是隻奇怪的豬先生呢。」

美少女呵呵笑了笑。

「話說回來，您到這裡有什麼事嗎？」

對了。我並不是來欣賞美少女的內褲。

潔絲「啊」了一聲，慌張地站起身來，用手輕輕按住裙子。

「對……對不起。讓您看了無聊的東西……」

白色上衣與藏青色裙子。彷彿在哪看過的服裝。

（我是被修拉維斯帶過來的。他要我們在他回來之前待在這裡。）

「原來如此！既然這樣，在這邊說話也不太好，請進來吧。」

潔絲帶領我到房間裡。那房間似乎是客廳。兩張椅子夾著小小的木桌面對面，有什麼紙攤開在桌上。

潔絲大概是在這裡與修拉維斯一起度過的吧。恐怕是兩人獨處。

潔絲淺坐在其中一張椅子上，然後從正面看向了我。

「請問……豬先生認識我嗎？」

（咦？不，我完全不認識……）

不過是點頭之交B罷了。

「是這樣呀，因為您好像知道我的名字，我還以為……」

（我聽修拉維斯說的。他說他有個叫潔絲的未婚妻在這房間裡，要我跟她一起等著。）

「修拉維斯先生那麼說了……？」

潔絲一臉疑惑。我說了什麼奇怪的話嗎？

「不，不是的。因為修拉維斯先生一次也沒主張過我是他的未婚妻……」

（原來如此。順帶一提，希望妳可以當作沒看到我的內心獨白，只回答像這樣用括號括起來的部分就好。）

「括號……好的，我明白了。」

很好。這麼一來，似乎也不用擔心會被問起修拉維斯提到潔絲胸部大小的事情了。

潔絲的臉頰突然泛紅起來。潔絲感到介意似的用手按住胸口，然後面向旁邊。但她無意提及我的內心獨白。她這麼懂事真是幫了大忙。

「豬……豬先生為什麼懂人話呢？您原本是人類嗎？」

潔絲試圖轉移話題。

（沒錯。我是在別的國家出生長大，但生吃豬肝後就昏迷過去，不知何故在梅斯特利亞變成了一隻豬。聽起來很愚蠢對吧？）

「原來是這樣呢……我以前曾學到豬先生的肉是不可以生吃的。雖然不曉得豬先生以前待的國家是否能生吃，但從下次起，或許還是煮熟再吃比較好呢。」

潔絲面向這邊，有些笨拙地露出微笑。

「雖然感覺這好像也不是該對豬先生說的話……」

既然潔絲都這麼說了，那也沒辦法呢。明白了嗎，諸位。豬肝記得煮熟再吃。

倘若有確實煮熟，就不用嚐到這種滋味了。

「那個，豬先生，如果有東西進入眼睛，要不要我拿水來給您清洗呢？」

（不要緊的。別放在心上。）

我閉上雙眼搖了搖頭，將眼淚甩落。我最怕喪失記憶的故事了。

（……最近怎麼樣，過得還好嗎？）

「咦，問我嗎……？」

（不，抱歉，不是的。為什麼我要顧慮妳的事情啊。我說的是修拉維斯啦。）

「啊，對不起……您是說修拉維斯先生呢。他看來很有精神喔。」

（聽說王朝現在也不平靜。包括妳在內，大家都很忙碌吧。）

「說得也是呢，呃……」

潔絲有些猶豫。這也難怪吧。王朝的內部事情當然不能隨便透露給陌生豬知道。

（嗯，也有些事情不方便說吧。不過我因為跟修拉維斯感情很好，其實挺清楚王朝的內情。我也聽說了伊維斯遭受詛咒，還有馬奎斯正四處尋找北部軍的事情。妳大可放心跟我說喔。等修拉維斯回來時妳可以向他確認，如果我說的話是錯的，看妳要把我做成生豬片還是烤全豬都行。）

「我想我應該不會生吃吧……不過，確實如此呢。」

潔絲露出可以理解的表情後，縱然沒人催促，也開口說了起來。

「大家似乎都因為戰爭而十分忙碌……但我只是在學習魔法，並沒有特別辛苦就是了。」

（這樣啊，妳會使用魔法了嗎！）

「嗯，對……」

潔絲一臉不可思議似的說道。

（呃，抱歉，因為我聽說妳直到三個月前還是耶穌瑪，所以才在想能夠這麼快就學會使用魔法嗎。）

「啊，原來是這樣呀。當然我還不會使用什麼厲害的魔法。雖然稍微學會生火了……但在戰爭中完全派不上用場，對大家實在過意不去。」

（這樣啊。那麼妳沒有參加戰爭，而是在這裡幫修拉維斯的忙啊。）

「可以這麼說。說是幫忙，但我幾乎像個累贅就是了……因為我對外面的樣子感興趣，才像這樣請他們讓我到王都外面來。」

（妳對外面感興趣嗎？這是件好事。）

「是好事……嗎？」

潔絲沒什麼自信似的低下頭，我向她傳達。

（這世上有很多人只對自己感興趣。即使冒著危險也想要像這樣了解這世界，作為一個執政者是非常重要的事喔。）

「啊，不……我並不是打算為了世界什麼的……」

（是這樣嗎？）

「是的。其實我從離開以前服侍的人家到進入王都為止的重要記憶，都被伊維斯大人封印住了……但我果然還是無論如何都很在意……」

純粹的眼眸看向這邊。

「豬先生認識一位叫做諾特先生的人嗎？」

諾特？

（喔，我很清楚。我是他朋友。他是解放軍的首領對吧。）

「這樣子呀……那個，聽說幾乎就在我進入王都的同個時期，諾特先生開始嶄露頭角……我在想說不定那並非偶然，我可能曾經受到諾特先生關照……可能是在把我送到王都時發生了什麼事，諾特先生才會遭到北部勢力追殺……我非常在意這件事……所以才拜託伊維斯大人讓我一起參加監視諾特先生的任務。」

真是驚人的洞察力啊，妳是高中生偵探嗎？

（原來是這樣啊。那麼，妳看到諾特有什麼想法？）

「其實我還沒有看得很清楚。我一直在尼亞貝爾這裡等待，諾特先生到來的時候，我跟修拉維斯先生一起接近了解放軍的船，但注意到什麼事物的修拉維斯先生把我帶回了這裡……然後我在這裡等待時，豬先生就出現了。」

原來如此，我了解了。

「那個，豬先生，您跟諾特先生認識對吧。諾特先生是位怎樣的人呢？能請您告訴我嗎？」

潔絲有一半像是要尋找依靠一般，積極地這麼詢問。她這麼重視過去的記憶嗎？

（他是個好人喔。強大、勇敢，又是個型男，比任何人都憎恨耶穌瑪狩獵者……是個喜歡大咪咪的傢伙。）

「大……」

潔絲面向下方。感覺我好像因為私心而摻雜了多餘的情報。

「呃，請問哪邊是私心呢？」

潔絲沒有漏聽。

（不，沒什麼。話說回來，妳好像相當在意被封印起來的記憶啊。）

「嗯，對……那個，我知道這麼說很奇怪，但我總覺得自己忘記了非常重要的事情……」

（妳怎麼知道？）

「是書籤。」

（書籤？）

「假設記憶就像一本書，我目前的狀態感覺便宛如從離家後到開始在王都生活為止的頁面都濕掉並黏在一起。但是裡面牢牢地夾著一張書籤，只剩下『一定要再回顧那段內容』這種心情殘留下來……」

潔絲猛然漲紅了臉，搖了搖頭。

「這樣不行呢，將這種私人的事情喋喋不休地講了出來……這是為什麼呢？面對豬先生總覺得好像不管說什麼都可以。」

（妳還沒改掉耶穌瑪時代的習慣吧。妳一直作為最底層的人類活了過來。對方是人類的話，一定比自己高等的印象仍然消除不掉，所以才不太能敞開心房吧。也因為這樣，對不是人類的存在就會自然地敞開心房。）

「原來如此……這麼說的確很合理呢。」

潔絲深感興趣似的這麼說道後，慌忙地開口訂正。

「啊，可是，我一點都沒有覺得豬先生比我低等喔！我只是覺得您是一位很容易親近的對象而已……」

（我明白，妳放心吧。希望妳可以把我當成豬妖精，放輕鬆地跟我相處齁。）

潔絲呵呵地笑了笑。

明明一直以跟諾特會合為目標，卻突然變成這種狀況。

所謂的命運真的不曉得會發生什麼事啊。

在我跟潔絲開始擔心一直沒有回來的修拉維斯時，海上發生了大爆炸。巨大的聲響讓我們注意到在港灣入口燃燒起來的火焰。

「船燒起來了……」

潔絲窺探著望遠鏡，這麼告訴了我。

該不會……他沒趕上嗎？

不，那邊還有薩農在。修拉維斯確實地告知了危險的話，解放軍應該不會就那樣往外海出發吧。發生了什麼事？

（麻煩把狀況更詳細地告訴我。）

「是的……一艘大帆船四分五裂，燒了起來……好像還波及到幾艘其他船隻。有很多船從另一頭過來了──啊。」

（怎麼了？）

潔絲積極地窺探著望遠鏡，讓人有些擔心她的眼窩是否會壓出痕跡。

「從另一頭過來的不是帆船……形狀很奇怪……似乎正以驚人的速度朝這邊前進。」

那個瞬間，有光芒在外海各處炸裂開來，還不到一秒的時間，尼亞貝爾的街上便四處發生了爆炸。是來自海上的砲擊嗎？也就是說，是北部軍嗎？這麼快就到了？這表示諾特的所在處早就暴露了嗎……

潔絲離開窗戶旁邊，看似不安地將手貼在胸前，看向這邊。

「怎……怎麼辦呢……」

（不要緊的。我已經事先警告過了。解放軍和修拉維斯應該也有做好某種程度的應戰準備。）

我這麼傳達的時候，反過來從尼亞貝爾那邊開始了砲擊。在開砲的轟隆巨響後，宛如柱子般的水花接著在海上濺起。

（現在什麼情況？）

潔絲拚命地窺探著望遠鏡，告訴我現狀。

「奇妙形狀的船因為被燃燒的船擋住，似乎還沒有進入港口。」

原來如此，也就是說船燒起來是按照這邊的計畫發展嗎？應該是故意讓無人搭乘的船爆炸，一邊波及對方，同時拖延他們侵略港灣的速度吧。

一旦演變成這種等級的戰爭，就幾乎沒有我或潔絲能辦到的事情。我們盡可能躲藏在安全的地方是最好的吧。

（這裡安全嗎？）

「呃……我不知道，雖然除了王朝和軍方相關人士以外的人進不來，但不曉得能承受多少來自海上的攻擊……」

在我們慢吞吞地煩惱時，有爆炸聲響起。就在附近傳來了建築物崩塌的聲響。

不妙。這座堡壘似乎也受到攻擊。

（盡量跑到不會遭受砲擊的地方避難吧。潔絲有那件像是點滿防禦力的長袍嗎？）

咦？潔絲困惑了一會兒後，將掛在牆上的黑色長袍拿了過來。

「是說這件伊維斯大人的長袍嗎？」

（沒錯。妳穿上那個，離開這裡吧。）

「我知道了。」

潔絲在原本的衣服上穿上點滿防禦力的長袍。

（兜帽也戴上吧。不曉得何時會中彈。）

「說得也是呢，可是豬先生呢……」

（不用在意我。我們快走吧。）

我催促潔絲離開房間。陰暗且漫長的石造走廊在大約五十公尺前方嚴重毀壞。

「豬先生，這邊。」

潔絲前往通向下面的階梯。感覺照這樣下去會走到海裡，不要緊嗎？

「前面有海岸洞窟。躲在那裡的話，應該不會中彈才對。」

潔絲擅自看了我的內心獨白，一躍跳下階梯。我拚命地追在她後面。

我們宛如鼴鼠一般沿著挖開岩石打通的狹窄通道前進，沒多久後來到一個很大的空間。是個廣闊的洞窟。洞窟朝著外海張開大嘴，銀白色月光甚至照射到這裡來。我們所在的最深處是由小石頭形成的水畔，有一艘破爛的小船面向這邊擱淺著。

堡壘有這種後門不要緊嗎？正當我這麼心想時，潔絲露出微笑，轉頭看向後方。一看之下，居然找不到我們剛才走過來的通道出口。只有漆黑的岩壁而已。

「只有知道方法的人才能從外面進入。是祕密的後門。」

（原來如此。那麼，暫且可以放心了嗎。）

萬一被人從外面發現，也只要在被追上前回到剛才過來的通道就行了。一旦我們進入通道裡，追兵就無法繼續追趕過來。

——這種想法實在太天真了。

才心想好像有什麼東西在遠方的水面下動著，便見那東西以驚人的速度筆直地朝這邊接近，宛如飛魚一般跳向空中。感覺少說有三公尺的巨體——

我和潔絲毫不迷惘地跳向相同方向，躲開了襲擊。

「是奧格！」

在潔絲這麼大喊的同時，奧格衝撞上我們剛才站立的地方——也就是有堡壘出口的岩石表面。而且令人震驚的是，簡直宛如少年漫畫一般，居然是岩石崩塌了。

奧格緩緩地站了起來。彷彿將健美先生相應放大成兩倍般的輪廓、被海水弄濕的暗灰色肌膚、莫名長的手指與感覺很結實的蹼。

看到牠的游泳速度，我理解了。敵方是靠這些傢伙拉著船移動，來獲得甚至能逃過王朝追蹤的機動力。

就在我思考著不合時宜的事情時，奧格將臉面向這邊。雖然看起來也像是人類男性的臉，但整體扭曲地膨脹起來，非常可怕。

「嗚……噠……？」

低沉的吼叫聲從他參差不齊的牙齒縫隙間漏出。

我看向潔絲。她一臉蒼白，慢慢地往後退。不妙，我束手無策。不過潔絲穿著那件點滿防禦力的長袍。我成為誘餌的話，不知她願意趁機逃走嗎？

——不可以，請過來這邊。我會盡力而為。

潔絲的雙眼儘管充滿著畏懼的色彩，仍筆直地看向奧格的臉。

我也撤回自己的主張，跑到潔絲身邊。於是潔絲朝奧格所在的方向大大地張開雙手，然後迅速地轉動手腕。響起了大量液體被潑灑出去的嘩啦聲響。

我轉頭一看，可以看到彷彿隨時會撲上來的奧格突然停下了腳步。彷彿正在加油的汽車內部一樣的氣味，猛烈地飄散過來。

我回想起來。

——當然我還不會使用什麼厲害的魔法。雖然稍微學會生火了……

我察覺到潔絲打算做什麼，立刻撲倒了潔絲，像要重疊起來一般保護住那嬌小的身體。下個瞬間，伴隨著暴力般的爆炸聲響，視野被光芒給包圍住。

剛才的氣味很接近汽油。那是揮發性的燃料，一旦點火，不只是那些液體所在的地方，就連周圍也會被火焰波及。

這下就有好好煮熟了啊——就在我想著這些愚蠢的事情時，發現纖細的手臂緊緊抱住我的頭蓋。不會燙。

是潔絲在瞬間用點滿防禦力的長袍覆蓋住了我，鼻頭正好被夾在潔絲的胸部裡。雖然很想詳細地描寫那種感觸，但現在沒什麼時間做那種事。

在爆炸平息下來的時候，我用翻滾的離開潔絲身邊，警戒著奧格剛才所在的方向。

被火焰包圍的奧格在水邊打滾，但沒多久後一動也不動了。

（……不要緊嗎？潔絲。）

「嗯，豬先生呢？」

（我沒事。）

「這樣子嗎，太好了……對不起，我還不太習慣……」

（不，沒關係啦……但這魔法的威力太奇怪了吧。）

潔絲維持抬起上半身的姿勢，一臉茫然。

「……是威力太弱的意思嗎？」

（妳怎麼講了好像異世界故事的主角會說的話啊。我的意思是威力太強，不控制一下的話會很危險。如果是剛才那種情況，沒理由要用揮發性的燃料吧。在這種半密閉的空間就更不用說了。那樣可能會造成缺氧，而且我差點就變成烤豬嘍。）

「的確是那樣呢，很抱歉……」

（不過算啦。因為有妳保護，我得救了。這裡已經變危險了。我們找機會用小船逃到外面去吧。）

小船似乎是特製的，潔絲只是碰觸邊緣便會擅自前進。我們搭船到附近的海岸後把船扔在岸邊，逃進在海岸擴展開來的松樹林裡。

來到這裡的話，應該不要緊了吧——正當我這麼心想時，響起鏜的一聲，潔絲的長袍彈開了什麼東西。可以聽見踩踏小樹枝的聲響。一看之下，有三個男人面向這邊。其中一人架著十字弓，另外兩人拿著矛。骯髒的皮製防具。看來似乎不是王朝軍的士兵。

「妳來這種地方有什麼事啊？小姑娘。」

——我們逃走吧。

潔絲用心電感應這麼向我傳達後，背對三人開始跑了起來。再度響起鏜的一聲，是長袍彈開了十字弓的箭。我也跟在潔絲後面，在陰暗的松樹林中奔跑著。

三人一邊嘿嘿傻笑，一邊追蹤著我們。潔絲大口喘氣，拚命地不斷逃跑。

竟然用凶器瞄準潔絲妹咩，絕對饒不了他們。我向潔絲提議。

（這裡是開放空間。妳試著對後面放出剛才那招如何？）

——可是，那些人是人類……

（妳沒辦法火烤人類嗎？）

——對不起……

（用不著道歉。無法殺人是件好事。那麼，我去擾亂一下讓那些傢伙停下腳步，妳就在那些傢伙與自己中間放出火焰。用火焰牆擋住他們吧。這裡是松樹林，火勢會很旺盛喔。）

——可是……

我不給潔絲挽留我的空檔，轉身換了個方向。

逐漸逼近的追兵。我朝著那邊狠狠地衝刺過去。

「齁齁齁齁！」

我一邊從鼻子發出巨大聲響，同時向前猛衝。那些傢伙大吃一驚，停下了腳步。我趁著那空檔混入黑暗之中，穿過追兵的身旁。讓他們停住了。任務完成。之後只要繞一下遠路以免被波及到，回到主人身邊就行。我一邊在松樹林中奔馳，一邊向潔絲傳達。

（別看火焰那邊喔。眼睛要花一點時間才能習慣黑暗的地方。）

——是的。我要上了！

嘩啦啦——可以聽見比我想像中更大量的液體被潑灑出來的聲響。

下個瞬間，震耳欲聾般的爆炸聲轟動周圍，我立刻閉上了雙眼。熱風吹拂過背後。我一睜開眼睛，只見巨大的蘑菇雲彷彿要衝天似的升起。

我總算與潔絲會合了。

（我說啊……）

我這麼傳達。只見潔絲額頭浮現出汗水，用為難的表情說道：

「咦……我又不小心做了什麼嗎？」

妳當真是異世界故事的主角嗎？

（不，是沒關係啦，但我覺得沒必要做得那麼誇張喔。在這種陰暗的夜晚弄出那麼大的火焰，反倒從遠方也會引人注目。）

「的……的確是這樣……」

（我們快點移動吧。引人注目不會有好事。）

似乎已經甩開了追兵。倒不如說，即使他們不小心被火烤也不奇怪。算啦，這是他們攻擊潔絲妹咩的懲罰。

「請問……妹咩是什麼呢？」

汗水不斷滴落的潔絲這麼詢問。

（那就類似敬稱，妳別在意我的內心獨白……話說回來，妳身體狀況不要緊嗎？）

「呃……對不起，我不要緊的。」

我們不斷奔跑。我看向潔絲。只見她左手貼在胸前，露出拚命的表情奔跑著。

（先停一下吧。）

我這麼提議，潔絲立刻停下腳步，在松樹的樹根處一屁股坐了下來。她的樣子似乎不太對勁。

（怎麼了，身體不舒服嗎？）

「不，我沒事……我很有精神！」

潔絲握緊雙手，彷彿在說「要好好加油咧」一般，小小地擺出勝利姿勢。在涼爽的夜晚，滿是汗水的臉龐——似乎不是沒事啊。

（嗳，妳要不要坐到我背上？）

「咦……？」

（妳使用還不習慣的魔法，感到疲憊了吧。坐到我背上就行了。我來揹著妳跑。）

「可是，那樣不好吧……」

（我也有一次讓人坐到我背上的經驗喔。只要不搞錯乘坐方式就沒問題。也不會對我造成多大的負擔。來吧。）

既然這樣——潔絲乖乖地跨坐到我背上。

（妳坐到後面那邊，用腳緊緊地夾住我。將重心放到手上……就是這樣。）

我試著走動。沒有聽見「嗯啊」之類兒童不宜的聲音。看來是沒問題——我這麼判斷，飛奔穿過松樹林，朝海岸的反方向趕路。

（怎麼樣，舒適嗎？）

「嗯……嗯……」

這曖昧的回應讓我稍微看向潔絲。她很難受似的蹙起眉頭。

（身體不舒服嗎？）

「不，不是那樣的……只是有一點奇怪的感覺……」

我連忙停下腳步。是不小心摩擦到不該碰的地方了嗎？

「不是的，這是為什麼呢？」

可以感受到潔絲的手在我的背上細微地顫抖著。

「……為什麼眼淚會掉出來呢？」

潔絲沒有出聲地哭泣著。妳問為什麼？我才想問為什麼啊。

（是不是有異物跑進眼睛啦？）

我隨口這麼說道後，感到有些後悔，重新向她傳達。

（是因為不安吧。不要緊的，有我陪著妳。我們一起撐過今晚，回到王都吧。）

「是的。」

我向前奔跑。老實說我不曉得該到哪裡去。只不過把這名少女送到安全的地方就是我的使命。無論有怎樣的危機逼近——

「喔嗚啊……啊啊嗚嗚喔——」

可以聽見低沉的吼叫聲。又來了嗎？我還無暇這麼心想，便有一隻奧格朝這邊衝刺過來。只不過，是因為適應水中環境的緣故嗎？牠在松樹林裡的腳步較為笨重。

對面是上風處。從奧格那種令人不快的氣味另一頭，有複數人類的氣味與火藥的氣味飄散過來。不妙。

我轉換方向，為了逃離奧格——跑向尼亞貝爾中心部那邊。

（潔絲，前面交給妳。妳能瞄準那隻奧格嗎？）

——我試試看。

我避開松樹，左拐右拐地奔跑著。我聽見好幾次巨大冰塊炸裂的聲響，每次都會有濃密的汽油味刺激著嗅上皮。

——對不起，我打不中……

（這樣啊，妳別衝動，還不要點火啊。）

不妙。這邊是下風處。現在點火的話，雖然多少能掩人耳目，但這邊也肯定會遭殃。

我突然重心不穩，才心想是怎麼回事，只見是潔絲從我的背上滑落了。喂喂真的假的？我停下腳步看向潔絲，只見她蒼白的臉龐被月光照耀著。雖然汗如雨下，卻安穩地閉著雙眼。還有呼吸。似乎是昏過去了。

剛才努力跟奧格拉開的距離，急速地縮短起來。慘了。死定了。

我用鼻頭抬起潔絲並將她翻過來，讓她趴臥著。她似乎呼吸困難，因此我將她的臉稍微轉向側面，用兜帽完全覆蓋住那漂亮的側臉。這說不定是看到潔絲臉蛋的最後一次機會。不過太好了。光是能再見到潔絲，知道她過得不錯，我就心滿意足了。即使今晚這隻豬從世界上消失，潔絲也一定不要緊。她應該會作為一個無自覺打到頂傷系的開掛魔法使，傑出地成長下去吧。

一決勝負吧。

我反過來對著逐漸逼近的奧格衝刺過去。我用身體衝撞牠的右腳來削弱自己的氣勢，然後扭動身體咬住牠左邊的阿基里斯腱。比我想像中硬很多。好像在咬木材一樣。

即使無法對牠造成多大的傷害，也成功吸引了牠的注意力。我一邊發出齁齁叫聲，一邊朝潔絲的反方向奔跑，奧格便追著我跑來了。牠這麼單純真是幫了大忙。

我的前方有六個武裝的男人，朝這邊跑了過來。就跟我從剛才的火藥氣味推測的一樣，其中一人拿著槍。

周圍被汽油的濃密氣味給包圍住。似乎是進入了剛才潔絲亂射燃料的區域。

我想相信在梅斯特利亞，關於燃料的基礎規則並未滲透到大眾之間。舉例來說，像是在散發著揮發性燃料氣味的場所不能使用火之類的——

「齁齁齁喔——！」

我盡可能地大聲喊叫，同時朝男人們衝刺過去。我衝撞上跑在拿著槍的男人旁邊、拿著矛的男人。那傢伙重心不穩而倒下了。

「這傢伙搞啥啊！」

可以聽見某人這麼咒罵。

「齁w」

我像是瞧不起他們似的從鼻子發出哼聲，回到逐漸逼近的奧格那邊。我夾在男人們與奧格的中間。

「齁喔？」

我面向拿著槍的男人，像在挑釁似的發出叫聲，於是那傢伙彷彿等到不耐煩似的拿槍對準這邊。

「去死吧，混帳豬！」

我急忙拔腿就跑，遠離奧格和男人們。使出最快的速度。豬能夠用媲美短跑選手的速度奔跑喔。一定可以逃離他們的。豬突豨勇！

砰。

響起了開槍聲。那一瞬間，視野一片空白，我感覺到身體飄浮至半空中。不知是聲響還是風壓讓鼓膜彷彿要破裂一般。我被爆風吹飛，掉落到地面。

多虧有針狀松葉柔軟地堆積在地上，骨頭似乎沒什麼大礙。只不過如同字面一般，一種屁股著火般的疼痛襲向我。似乎是灼傷了。

我轉頭一看，只見附近一帶已被燒成荒土。不見奧格和男人們的身影。嗯，要是待在那個地方，應該活不下來吧。這可不是變成烤肉的程度而已。

我一邊感謝自己撿回一條命這件事，同時趕向與潔絲分別的地方。要在森林裡面找出被黑色長袍完全覆蓋住的少女著實費了一番功夫，但最終由鼻子幫忙解決了這件事。我不可能沒嗅到這麼香的氣味。不曉得她是用哪一牌的香皂呢？

風向改變了，火沒有吹到這邊來。我用鼻子將美少女的身體翻過來。

（妳沒事吧？）

她沒有回應。我將耳朵湊近她的臉。還有呼吸。居然會昏迷成這樣，是怎麼回事啊。應該不是生病吧。

是過度使用魔法嗎？畢竟她灑了那麼多燃料……

「喔，有個可愛的小姐嘛。」

回過神時，可以看見一個披著泥土色長袍的高個子男人朝這邊走了過來。他拿著形狀像是柴刀的刀。這裡是戰場。縱使不是耶穌瑪，這麼可愛的女孩子一個人倒在地上的話，不曉得會被做什麼……

饒了我吧。我已經無計可施了。

「不好意思啊，豬先生，你的主人我就帶走啦。」

我急忙抬起潔絲，試圖讓她坐到我背上——但縱然是苗條的美少女，要揹起四肢無力的身體是相當困難的事情。要不抱希望地衝刺看看嗎？但假如被那把感覺很不妙的刀砍到，就算是我也會變成豬肉塊。後腳也無法自由行動。

不過，只能拚了。就算我會死掉，如果潔絲有希望得救的話——

就在這時候。才心想有巨大的猛禽從空中俯衝而下，便見牠直接撞上了泥土色長袍的男人。男人的頭部遭到重擊，他吹飛出去並倒下後，就一動也不動了。他的頭朝不科學的方向彎曲。

「我來晚了啊。歡迎你回來，勇敢的年輕人啊。我就認同你的膽量吧。」

我看向聲音傳來的方向。剛才看起來像是猛禽的那東西，是單膝跪地的一名男人。從背後長出巨大的鳥類翅膀。

男人朝這邊伸出黑色的手，於是可以感受到屁股的疼痛逐漸消退。是魔法使嗎……？

他穿著有金色刺繡的紫色長袍。我對面向這邊的臉有印象。白髮老人、長鬍鬚。雖然臉部被神祕的黑色網眼圖案覆蓋著，但那無庸置疑地是梅斯特利亞的國王，伊維斯。

「潔絲發生**脫魔法**(ecdyssa)，昏了過去。她暫時不會醒來。」

我被這些突然發生的事情震撼住，伊維斯對我這麼說道後，將手朝向潔絲那邊。他說蛻皮素(ecdysone)怎麼了？他會幫忙讓潔絲恢復嗎？

「不對。我是在重新封印潔絲的記憶。」

伊維斯將手收了回去，但潔絲沒有動。在這種狀況下，封印記憶很重要嗎？

（那個，伊維斯大人，我該怎麼做……）

「即使她不會醒，你也不能惡作劇喔。你在此稍等片刻。遇到麻煩時就哼響鼻子，我會立刻回來。」

伊維斯這麼說，然後搖搖晃晃地站了起來，用翅膀拍打著空氣，笨拙地飛走了。

不，我怎麼可能對潔絲妹咩惡作劇啊……

話說回來，伊維斯……他不是遭受詛咒，臥病在床嗎？他臉上的黑色圖案便是詛咒嗎？該不會他是在那種狀態下從王都飛到這裡來的？

事出突然，讓我陷入混亂。總之我為了冷靜下來而嗅著潔絲的後頸時，可以看見在港灣那邊有彷彿核爆一般的光芒炸裂開來。無比驚人的閃光甚至照射到松樹林，在地面上刻劃出黑白的條紋圖案。

大約十秒左右，光芒便平息下來。然後過沒多久，有人掉落到我面前。

撲通。

與其說是著地，更像是墜落。沾滿松葉且極度衰弱的國王身影就在那裡。

「放心吧。我已經讓北部軍的主力毀滅了。湧向尼亞貝爾的北部軍已經不得不撤退了吧。」

就在這一瞬間？這已經不只是我超強的程度了吧？

「這便是梅斯特利亞最偉大的魔法使伊維斯的招式。將此事流傳下去吧。」

伊維斯維持著墜落下來的姿勢，四肢無力地仰臥在地面上。

（那個，伊維斯大人，您的身體狀況……）

「看起來健康嗎？」

伊維斯依然看著天空，這麼說道。我走了過去，靠近他的臉龐。

（抱歉，有什麼……我能幫上忙的事情嗎？）

「你救了潔絲。光是這樣，就已經充分幫上了忙，不過……對了。勇敢的年輕人啊，你願意送我最後一程嗎？」

啥……？

（我不是很懂您說的意思。）

「即使是我，也用盡了力量。我已經沒有魔力可以抑制詛咒了。這原本就是不可逆地在進行的致死詛咒，看來終於到達完成目的的階段了。」

伊維斯的臉和手都被可怕的黑色網眼圖案給覆蓋住。

（您受到了詛咒呢。究竟是被誰——）

「不曉得。這個魔法使隱藏著相當強烈的執著……是在王朝之外，真面目不明，暗中活躍的術師下的詛咒。」

魔力沒有受到限制的魔法使，不是只有國王的家系嗎？不是正因如此才沒有發生爭鬥，王朝得以維持那壓倒性的支配嗎？

「梅斯特利亞正瀕臨自暗黑時代終結以來最大的混亂。暗中活躍的術師、北部的叛亂、解放軍的組成，還有你們這些異界者的出現——仔細一想，無論哪件事，或許都是打造出耶穌瑪這種醜陋階層的本王朝自作自受啊。」

（我認為是那樣沒錯。）

伊維斯的胸廓細微地起伏。他似乎是打算笑。

「勇敢的年輕人啊。你很有膽量。我欣賞你的氣魄，可以在你身上賭一把嗎？」

（這話是什麼意思呢？）

「我在最後這一刻想要轉換方針。」

伊維斯用彷彿從縫隙吹進來的風聲進行深呼吸，接著說道。

「或許你聽修拉維斯提過，我的兒子馬奎斯是個極端的男人。他就這樣當上國王的話，可能會失控。我明明叫他別干涉北部王朝，在旁監視就好，他卻打破約定，把那些傢伙的王城燒光了。他沉溺在力量當中，想要靠力量解決一切。但你看看結果吧。北部軍仍殘留著，陷入已經不曉得誰才是中心人物、應該攻打哪裡才好的狀態。」

（那麼，您打算怎樣轉換方針呢？）

「我撤回把你送回異界的念頭。希望你可以留在王朝，幫忙扶持修拉維斯和潔絲。我想請你引導他們前往你認為正確的方向。」

由我嗎……？

「你們會在這個時間點再度來到梅斯特利亞，果然是有意義的。看來純真少女的願望之力，似乎驚人地仍在持續著啊。我想試著相信那個。」

我試著思考。潔絲的願望仍在持續，讓眼鏡阿宅有可能從現代日本轉移到梅斯特利亞。並非只是把我叫來一次而已。

還有我這次的轉移地點。**為何我轉移到了瑟蕾絲身邊，而不是潔絲身邊呢**？現在想起來，難道不是因為那樣最能幫助梅斯特利亞嗎……？

我試著思考假如我直接到了潔絲身邊的情況。我就不會在巴普薩斯看到北部軍，也不會在項圈號從諾特那裡聽說北部勢力的事情吧。如此一來，我也無法預測這次北部軍的來襲，並傳達給修拉維斯。在那種情況下，解放軍說不定真的會因為這次的戰爭全滅。

——那時候豬先生為了變回人類，只能跟我一起前往王都對吧？因為我並不聰明，祈禱的時候沒想到那麼多。但決定要一起前往王都後，我注意到了。假如豬先生是人類，豬先生也有不與我同行的選項。然而卻不是那樣。因為我的願望讓您變成豬先生的模樣，而不是人類。

我想起以前曾聽過的話。

潔絲的願望明顯地超出她的智力範圍，而且順利進行著。試著順著這個願望走，或許也不是什麼古怪的事情。

（我理解了。以我的立場來說，能夠保護潔絲和她的未婚夫也是值得開心的事情。）

只不過……

（可以問您一件事嗎？）

「儘管開口吧。我會回答到死亡為止。」

（伊維斯大人剛才用「你們」來稱呼豬。您知道除了我以外還有其他豬對吧？）

「沒錯，因為我很擅長分析與預知的魔法。我能看到巨大的魔法波動。從你之後截至目前為止，合計有七次異界轉移，現在似乎總共有三隻會思考的豬。」

果然是這樣嗎。

（一隻是我，一隻是與解放軍在一起的黑豬，還有另一隻——那另一隻是**位於北部支配者附近的山豬**嗎？）

「我不曉得那麼多。但我知道是在北部。為何你會這麼認為？」

（我們是三人一起嘗試了再度轉移。但有一名同伴下落不明。那傢伙上次轉移到了北部。所以我才想這次會不會也是那樣。）

我回想起之前無法理解的事情。

——然後，剩下的疑問還有一個。我們再度轉移到梅斯特利亞來的隔天早上，巴普薩斯就遭到襲擊，這真的是偶然嗎……？

時機未免太湊巧的襲擊。諾特說的話也有讓我感到在意的部分。

——因為有山豬在收容所大鬧，還有耶穌瑪逃走了什麼的，我的拷問在半吊子的地方結束了。

豬是將山豬家畜化的生物。還有一種生物叫做雜種豬，從這點也可以知道兩者能夠交配，是相當接近的生物。有山豬大鬧讓耶穌瑪逃走了？該不會另一個眼鏡阿宅——**兼人就是那隻山豬吧**？

與我們同時轉移到了北部的兼人，立刻為了讓耶穌瑪逃走而引發騷動。但因為這樣被北部首領抓了起來，吐出了跟諾特有關連，可能有其他豬轉移過去的村莊名字，因此北部勢力急忙派遣位於外海的軍隊前往巴普薩斯。對方中斷了對可恨諾特的拷問，似乎傾注全力在這件事上，所以應該相當匆忙吧。然後在我們轉移過來的隔天，成功將兵力送到了巴普薩斯。

「我感覺非常正確。那番推理大致無誤吧。」

伊維斯的呼吸聲開始摻雜著像是青蛙叫聲一般不祥的聲音。

「看來時間差不多要到了。我想說的話已經都對王家的人交代過了。你可以追問我到最後一刻喔。」

（請別這麼說……伊維斯大人沒有什麼話想先對我說的嗎？）

「硬要說的話……就是關於潔絲的事。」

（潔絲——是說記憶的事情嗎？）

「對。我之所以封印了潔絲的記憶，一方面當然也是因為你的存在就政略上來說很礙事。潔絲實在過於意志消沉，完全成了廢人，所以我才封印了她的記憶——這麼說雖然正確，但也有很大的語病。」

（您還有其他目的嗎？）

「正是如此。最大的目的是為了讓潔絲的魔力成長。」

（魔力？）

「所謂的魔法是很不可思議的東西，本人打從內心的期望會成為最強大的驅動力。潔絲非常在意被封印的記憶，她想恢復記憶的慾望十分強烈。然後為了恢復記憶，她必須打破我的魔法才行。如此一來，會怎麼樣呢？」

（魔力會因為想讓魔法變強的慾望而成長。）

「正是如此。潔絲天生隱藏著成為繼拜提絲大人之後最偉大的魔法使的可能性。她憑自己的力量去恢復記憶這件事，將會成為第一步。希望你可以體諒我這樣的意圖，在潔絲靠自己的力量恢復記憶前，絕對不要向她揭露祕密。」

……

（反過來說，表示潔絲有恢復記憶的可能性嗎？）

「有十足的可能吧。而且那說不定比我想像中還要更早。」

伊維斯將臉面向這邊。被可怕圖案覆蓋的那張臉，溫柔的眼眸越過了豬，看向潔絲那邊。

「即使我是梅斯特利亞最偉大的魔法使，也完全不曉得這個國家將來會變成怎樣。在這種情況中，我想將未來託付給潔絲殷切的祈禱，還有託付給被她的祈禱召喚過來的你。」

（……是的。）

「最後有一件事要告訴你。」

我倒抽一口氣，等待後續。伊維斯用彷彿耳語的聲音說道：

「你之前所在的世界與這個梅斯特利亞的羈絆，就宛如泡沫一般不穩定。那隻豬死掉的話，恐怕便沒有下次了。而且你待太久的話，兩個世界會分離開來，你就只能在這裡作為一隻豬死去。」

伊維斯看向我。

「勇敢的年輕人啊。好好珍惜你的生命，直到關鍵時刻吧。然後在最關鍵的時刻回去吧。」

這樣啊。

（我明白了。這番話我會銘記在心。）

——很好。

伊維斯終於再也沒有動嘴，而是直接將思念傳達到我的腦中。

——真是諷刺呢，年輕人啊。結果是用跟最初與你離別時相同的魔法，再度與你離別。

伊維斯的雙眼閉上。他的右手虛弱地動了起來，放到胸口上。

——這國家就拜託你了。

這正是成為少女們不幸根源的男人最後的遺言。

斷四章　重要的東西

晚餐前，伊維斯大人要我去見他。

因為複習各種魔法而全身髒兮兮的我，急忙清潔身體，照口信所說的前往大廳。是相當大的廳堂。高高的圓頂天花板上有美麗色彩的圖畫，柱子前方有許多巨大的石膏像，柔軟的椅子圍住大圓桌。

伊維斯大人坐在進門便會看見的正面座位上等待著我。

「來我旁邊吧，潔絲。」

我快步前往。伊維斯大人的手腳雖然細瘦，卻仍以端正的姿勢坐著。我在想應該是用魔力支撐著的吧。

我坐了下來。就坐在國王身旁。

「您的身體狀況不要緊嗎……？」

「無須擔心。一直在床上吃飯，我也膩了啊。」

「這樣子嗎……話說回來，您找我是為了什麼事呢？」

「我有東西想交給妳。」

「好的。」

伊維斯大人看向旁邊，隨即有兩個東西從那邊搖搖晃晃地浮游過來，被放到圓桌上。是大概可以放在單手上的銀色小盒子，與大到一隻手拿不下的金鑰匙。

「這是……什麼呢？」

「我有先見之明。我開始看見了應該使用這個的未來，所以先交給妳。」

「未來……？」

我這麼反問，於是伊維斯大人溫柔地露出微笑。

「我在封印潔絲的記憶時，另外還拿走了妳很寶貝的某樣東西。那東西就放在這盒子裡。」

「是……這樣嗎。」

「正是如此。不過這盒子沒這把鑰匙是打不開的。」

伊維斯大人指向旁邊的金鑰匙。

「不只是這樣。倘若不是**正確的人**使用這把鑰匙來打開，在鑰匙被插入的那個瞬間，盒子就會被燒毀。將永遠喪失弄清裡面究竟裝了什麼的機會。」

大廳裡沒有其他人在。非常安靜。

「請問……正確的人是指什麼意思呢？」

「裝在裡面的東西，是妳與某人曾經相伴的證明。倘若不是那個人來使用鑰匙，這盒子便不會打開。除此以外的情況將會失去證明。只有一次機會能夠嘗試。」

「……我明白了。但是，為什麼鑰匙這麼大一把呢？」

伊維斯大人欲言又止了一陣後，開口說道了。

「這點妳就自己思考吧。」

雖然我一頭霧水，想不到是什麼原因，但畢竟是伊維斯大人所說的話，我點了點頭。

「我明白了。我就收下了。」

「妳要好好地收藏在房間裡。現在就拿去放好吧。等潔絲回來，便開始享用晚餐吧。」

那天晚上的餐點特別豪華。有香噴噴的烤大蝦、入口即化的燉小牛肉、五顏六色的蔬菜。說不定有一點吃過頭了。

伊維斯大人、修拉維斯先生、維絲小姐、我。我們非常愉快地聊天，餐後還喝了茶，悠哉地度過一段時光後，回到了寢室。

是因為修拉維斯先生與我隔天早上會離開王都的關係嗎？結果我還是不曉得那天為何會變成特別的聚餐。

第四章　心意要趁早表達出來

下落不明的修拉維斯在海戰的隔天早上聯絡了我們。

在內部裝潢呈現古風的國王辦公室裡，國王馬奎斯、王妃維絲、潔絲，還有豬這種三人加一隻齊聚一堂。就現狀而言，王朝的中樞居然只有這些人。

馬奎斯坐在老舊的木桌前，潔絲與維絲坐在那前面的沙發上，我則是坐在地板的地毯上。感覺像是被捲入嚴肅的家庭會議的寵物一般。

昨晚，馬奎斯到達了戰鬥已經結束的尼亞貝爾，回收我、潔絲與已故的伊維斯，用龍送我們到王都。

不過，沒有找到修拉維斯。據說伊維斯施加在修拉維斯身上的位置魔法，也不知何故被解除了。

是因為自己的失態嗎？一臉不悅的馬奎斯甚至沒有去尋找自己的獨生子修拉維斯，他似乎一整晚都坐在辦公室裡，等著修拉維斯聯絡自己。總算弄清他的消息後，便把我們召集了過來。

馬奎斯是個比想像中更苗條的男人。因為聽說他性急且極端，又喜歡放火，我還以為他肯定是個肌肉發達到連腦袋都裝肌肉的人，但並非如此。他是個感覺就像會在華爾街玩金錢遊戲，將金髮往後梳的苗條中年人，總是讓薄嘴唇神經質似的露出笑容。不過，從濃密的眉毛底下露出的眼睛並沒有在笑，灰色眼眸總是閃耀著凶猛的光芒。

「修拉維斯他——」

馬奎斯用低沉且平淡的聲音說道。

「似乎違背了父親大人的命令與解放軍共同戰鬥，最後還在發生脫魔法時變成了解放軍的俘虜。他們寄了信給我，要我發表與解放軍組成同盟，作為把修拉維斯交回來的條件。」

馬奎斯將小張紙片扔到桌上。

「修拉維斯先生成了俘虜……真的很抱歉。」

潔絲看來有些不知所措地動搖起來，這麼說了。維絲將手搭在她肩膀上。

「不是妳的錯喔。要怪那孩子獨斷行動。」

「說到底，父親大人不可能要妳這個還不成熟的女人擔任修拉維斯的護衛吧。」

馬奎斯用食指叩叩叩地敲打著桌子。你是啄木鳥型職權騷擾上司嗎？

「修拉維斯不曉得父親大人已故，儘管如此，依舊刻意寄信**給我**。信上寫著要我瞞著父親大人進行事情。真是個狡猾的傢伙。因為他知道父親大人絕對不會與解放軍組成同盟吧。那傢伙期望解放軍與王朝聯手。」

馬奎斯咧嘴一笑。

「位置魔法也是那傢伙自己解除的。雖然信上寫著是因為脫魔法而消失了，但父親大人應當是把位置魔法施加在修拉維斯的長袍上，而非他本人身上，所以那肯定是謊言。最重要的是，已經有四次脫魔法經驗的他成了俘虜動彈不得這點也很奇怪，明明把非魔法民燒成灰就行了。換言之，那傢伙是刻意不逃走的。他打算把自己當成人質，來利用父親。」

原來如此。是這麼回事嗎……雖然跟您不熟，恕我冒昧一問。

（馬奎斯大人對同盟有何看法呢？）

冰冷的眼神俯視著豬。

「我跟父親大人不同。能利用的東西無論是什麼都會利用。解放軍也一樣，我打算趁他們還有用時盡量利用。所以即使最終會殲滅他們，我也很樂意與解放軍組成徒具形式的同盟……說到底，讓諾特從鬥技場逃走的就是我啊。」

「原來是這樣嗎……！」

維絲一臉驚訝地說道。我也大吃一驚。讓諾特逃走的不是耶穌瑪少女嗎？

馬奎斯瞥了我一眼，繼續說道。

「雖然這作戰並沒有問過父親大人就是了。解放軍對民眾的影響力強大，所以即使要放置，也絕對不能軟化態度，為了只靠我們自己來一掃北部勢力，我們要進行周密的準備——這就是父親大人的方針。他絲毫不打算與對王朝制度有異議的傢伙聯手吧。我也被嚴格限制對解放軍成員的干涉。但父親大人已經不在了。我打算徹底利用解放軍，以及支持他們的民眾的那股熱情。」

可以看見希望了。都是託修拉維斯的福。

（那麼，馬奎斯大人……）

「嗯。姑且不論最終要怎麼處置那些傢伙。」

馬奎斯總算停下了食指的動作。

「為了一掃北部勢力，我會發表與解放軍組成同盟。」

我和潔絲一起前往浴室。

對於有所期待的諸位感到很抱歉，但我的目的並非洗鴛鴦浴。是我說想在不會被任何人偷聽的地方交談，潔絲便選了浴室。

浴室鋪設著以藍色和深藍為基調的磁磚，中央設置著圓形大浴缸。潔絲脫掉襪子露出美腿進入浴室後，打赤腳坐在小板凳上，她就這樣打著赤腳幫我刷毛。

「雖然稱不上是昨晚的謝禮，但是……那個，我能做的只有這樣……請讓我趁著談話時幫您刷毛。」

赤腳的潔絲一邊這麼說，一邊用水桶緩緩地將熱水淋在我身上。

「話說回來，豬先生喜歡赤腳嗎……？」

她怎麼知道……？

（我怎麼可能有那種像變態一樣的興趣。不只是腳而已，我喜歡女孩子的全身喔。）

潔絲像是嚇了一跳似的，將手貼在胸前。

「那個……全身有一點……難為情。」

？？？

（呃，我並不是要妳讓我看全身喔？）

「說……說得也是呢，對不起。」

是單純天真的角色嗎？潔絲實在太沒防備，讓我擔心不已。要是懇求她好像就會脫光似的這種危險程度，我認為應該早點想個辦法補救比較好。

「那……那……那個，沒有那回事！我只會讓特別的人看裸體喔！」

這樣啊。只給特別的傢伙看嗎。

（那就好。謝謝妳幫我刷毛啊。）

「不會。」

潔絲稍微露出微笑。

到了早上才總算醒來的潔絲，似乎難以接受伊維斯的死亡與修拉維斯的失蹤。不過，這些無聊的對話好像讓她稍微打起了精神，實在太好了。

「那麼，您要說的事情是？」

潔絲一邊用刷子摩擦我的耳後，一邊這麼詢問。

（首先我想問一件事……「脫魔法」是什麼啊？）

「所謂的脫魔法，就類似魔法使的蛻皮。像是使用了大量魔法的話，會暫時失去意識與魔力……等醒來的時候，魔力會變成更加強化過的狀態。」

（原來如此，好像等級提升一樣，很有趣嘛。潔絲昨天是第一次嗎？）

「不，是第三次。」

馬奎斯剛才說修拉維斯有四次脫魔法的經驗啊。

（那麼，這表示現在的潔絲能夠跟昨天的修拉維斯勢均力敵地戰鬥嗎？）

「呃，我想應該不是那樣。因為能使用的魔法和原本的經驗實在相差太多……修拉維斯先生從小時候開始，就一直在接受魔法的訓練。」

是這樣子啊。算了，先不提這些。

（一旦發生脫魔法，便會變得毫無防備對吧？所以馬奎斯才會認為修拉維斯是在脫魔法時被抓起來的。）

「對。發生脫魔法後，意識和魔法防護罩都會暫時消失，變成毫無防備的狀態……我也完全不記得昨天在松樹林被奧格追趕後，究竟發生了什麼事……」

太好了。看來我偷偷嗅她後頸的事情似乎不會被發現。

「咦？」

啊。

（……先不提這些，進入正題吧。要談正經事嘍。）

「說……說得也是呢！」

潔絲漲紅了臉，像要弄整齊似的撫摸後髮。

（還有一個問題要問妳。即使一度變得毫無防備，等醒來的時候，魔力便恢復了對吧？）

「對，是那樣沒錯……」

（這樣啊。那馬奎斯說的話就有點奇怪了。）

「咦？呃，是那樣嗎……」

對喔，在王朝只有我看到修拉維斯與解放軍碰面的情況啊。

（修拉維斯他啊，一直很害怕與解放軍接觸。因為他在把我從船上帶走時，當真差點被殺掉啊。所以就算保持距離，以結果來說會共同戰鬥，但很難想像他會主動成為俘虜。遭到殺害的危險性太大了。）

「原來……是這樣呀。那麼，果然是因為脫魔法的緣故，不得已地被抓起來了嗎？」

（應該也不是那樣吧。即使跟馬奎斯說的一樣，他是不得已變成了俘虜，但如果是能夠寄信的狀態，就表示他能夠使用魔法了，那傢伙隨時都可以靠實力逃出來。這樣看來，結論只有一個。**修拉維斯根本沒有變成俘虜**。）

「咦，但是為什麼——」

（那傢伙一直在煩惱是否有讓解放軍與王朝順利合作的方法。他大概是演了一齣戲當作第一步吧。或許他真的發生了脫魔法也說不定呢。即使是謊言，只要摻入一點真實，可信度便會變高。）

「原來是這樣呀……但這麼一來，解放軍希望組成同盟這件事也就成了謊言……」

不愧是潔絲，她理解得很快，真是幫了大忙。

（妳說得沒錯。問題便在於這裡。解放軍別說是希望組成同盟了，他們可是滿腔熱血地想打倒王朝。即使王朝發表要組成同盟，也不會那麼簡單地成立。解放軍反倒會覺得可疑，懷疑是陷阱才合理吧。）

把王都內的事情當成機密的王朝，當然也把伊維斯的死亡當成極機密。所以對於王朝方突然的態度轉變，解放軍肯定會感到可疑。

「那麼，我們該怎麼做……」

（我的友人——應該說是友豬在解放軍陣營。那傢伙的發言在解放軍裡面具備影響力，他也認為視情況可能有必要與王朝組成同盟。只不過他不清楚這邊的內部情形，所以大概不會輕易地答應結盟吧。所以我想由我來傳達給那個人——給那隻豬，告訴他王朝是真的有意結盟。）

「這樣子嗎。如果是這麼回事……」

（辦得到嗎？）

「馬奎斯大人在諾特先生身上設下了位置魔法。倘若是把信寄送到那裡，說不定我也能辦到。」

潔絲赤腳站了起來，幫我沖洗背後。甚好。

只不過……我又不是什麼特別的傢伙，這樣服務我真的好嗎？我稍微這麼心想。

潔絲把我告訴她的話，幫忙用梅斯特利亞的語言寫在紙上。多虧了在三個月前轉移過來時被施加的**治療**，我也能看懂這裡的文字。潔絲的字讓人感受到她的學識，筆跡非常漂亮。

寫完信之後，潔絲帶我到飼養鳥類的小屋。說是小屋，屋內也寬敞到跟動物園差不多大，有許多種類的鳥兒們自由地到處飛行。小屋有很大的窗戶，通風十分良好，無論哪隻鳥都感覺很舒適般嘰嘰喳喳地叫著。

潔絲一邊走向猛禽所在的區域，一邊拿出據說是維絲給她的地圖。

「聽說標在這張地圖上的圓點，正是在指示諾特先生的所在處。」

潔絲讓我看的地圖一片黑，上面標著紅色圓點。只不過——

（嗳，潔絲，為什麼圓點有兩個啊？）

「咦，兩個？」

潔絲重新看了看地圖。雖然很難看出來，但有兩個紅點緊緊相鄰。

「哎呀，真的呢。這是為什麼呢……照理說這個紅點應該會隨著馬奎斯大人施加的位置魔法的場所移動才對。」

（可能是他分裂成兩個人了吧。）

「原來如此！」

潔絲這麼說道後——

「他又不是海星……」

悄聲地這麼補充。看來不只魔法，她居然還學了先附和再吐槽與棘皮動物，實在令人佩服。

不過，為何有兩個圓點呢？可能是不小心弄錯，施加了雙重魔法之類的……？算了，也用不著這麼在意。現在最重要的是迅速地將信寄送過去。

（認真地說，如果兩個點相鄰的話，應該沒問題才對。只要告訴鳥以其中一邊為目標就行了吧？）

「說得也是呢。畢竟應該有一邊是諾特先生……啊，在這裡。」

那裡有張鳥類無法自由往來的鐵絲網，鐵絲網對面有體型龐大的猛禽們。潔絲打開簡易的門扉，邀我進入裡面。

「有蒼鷹先生、金鵰先生、遊隼先生、鵟先生……也有貓頭鷹先生喔。」

潔絲看來有些開心似的向我介紹。大到好像會吃掉我一樣的白尾海鵰，從棲木上俯視著這邊。我一邊避免與牠對上視線，一邊靠在潔絲的腳旁前進。

「牠不會吃掉您的，不要緊喔。要用哪隻鳥先生呢？」

潔絲像在買東西似的這麼詢問我。我環顧周圍，只見雪鴞用圓滾滾的眼睛凝視著這邊。

（在魔法世界要讓動物送信的話，果然還是應該選貓頭鷹吧。例如那隻雪鴞應該不錯吧。）

「雪鴞先生是吧！」

潔絲前往那邊，溫柔地撫摸白色的柔軟羽毛。雪鴞一臉陶醉地閉上雙眼。喂，你太狡猾了吧？

「豬先生也希望我摸您的話，直接告訴我就行了呀。」

潔絲像在惡作劇似的笑著，同時讓雪鴞看地圖。據說這裡的鳥類們都用魔法訓練過，以便能看懂位置魔法。潔絲一邊對雪鴞說了許多話，一邊完成步驟後，將剛才寫的信捲起來，準備綁在雪鴞的腳上。

（啊，先等一下。得做一些標記，讓他們知道這封信的確是我們寄出去的才行。）

「可是，上面已經寫了是豬先生寄的吧。」

（那種東西誰都能寫。我想顯示出這封信並非偽裝的。我有個好主意。）

「是什麼呢？」

我想到一個無懈可擊的妙計。

（妳將那封信在大腿上摩擦一下。）

潔絲困惑地挑起眉毛。

「呃……我的大腿嗎？」

（沒錯。那樣就沒問題了，相信我。）

「這樣子嗎。既然豬先生這麼說……」

潔絲稍微掀起裙子，讓信碰觸自己的絕對領域。

「這樣就可以了嗎？」

（再稍微上面點。）

潔絲看來沒有絲毫懷疑，老實地將裙子更往上掀，將信貼在幾乎是鼠蹊部的地方。我認真地注視著那封信。我看的是信。

跟計畫的一樣。臭雪鴞，從樓木上可看不到這種景色喔。真遺憾啊！

「那個，已經可以了嗎……」

感覺潔絲好像臉紅了，聽到她這麼說，我回過神來。

（抱歉，我想已經沒問題了。將信寄出去吧。）

我這麼傳達，於是潔絲將信綁到雪鴞腳上，然後讓牠停在肩膀上，來到小屋外面。雪鴞居然囂張地輕咬了好幾次潔絲的耳朵。

「等一下……雪鴞先生，這樣很癢。」

啥？太狡猾了吧？我也想咬！

潔絲將雪鴞放到空中。牠白色的背影立刻融入雲朵中了。

我們暫時目送著牠離開，然後潔絲在我面前蹲了下來。

「豬先生……如果是耳朵的話，沒關係喔。」

潔絲這麼說，將耳朵遞向這邊。唔喔？

（不，不行吧。抱歉。真的不用在意我的內心獨白。）

我連忙這麼傳達，潔絲像在惡作劇似的詢問我：

「可是豬先生，您很喜歡嗅我的後頸，或是看我的腳對吧。」

（不是的，那是因為豬的習性，才會忍不住……）

「這樣子呀。那麼，那樣做很沒禮貌，請您忍住。」

潔絲冷淡地這麼說後，站了起來。

咦，等一下，怎麼這樣……

潔絲朝著驚慌失措的我露出宛如花朵綻放般的笑容。

「騙您的啦，既然是豬先生的習性，那也沒辦法呢。昨晚的事情無論向您道謝幾次都不夠……所以您有事情希望我做的話，請儘管開口喔。」

嗯？妳說的喔？

「那……那個，當然我能回應您的事情有限就是了……」

潔絲的耳朵紅了起來，小聲地這麼說道，紳士的我向她傳達。

（別擔心。我也沒那麼變態。身為一隻豬，果然還是最喜歡被撫摸吧。）

「這樣子嗎，那麼事不宜遲——」

潔絲迅速地蹲下，開始撫摸我的頭。甚好，甚好。

脖子、肩膀、大里肌、腰內肉、五花肉、後腿肉。潔絲的手溫柔地撫摸我的身體。力氣擅自放鬆下來，我不禁翻倒身體橫躺在地上。

梅花肉、豬心、豬胃、豬肝。我不知不覺間喪失了野性，將腹部暴露出來，在地面上翻滾。

諸位有以一絲不掛的模樣，被金髮美少女撫摸全身的經驗嗎？沒有那種經驗？真是不好意思，我有。哎，這便是我們平時為人的差距吧。

我不停翻滾，最終將四隻腳朝著天空伸出去。潔絲感到滑稽似的笑了。

「只是撫摸就這麼開心，真是一隻奇怪的豬先生呢。」

（沒有啦，平常是不會這麼開心的。因為是潔絲在摸我啊。）

我這麼回答，於是潔絲歪了歪頭，一臉疑惑。

「咦，因為是我……嗎？」

（呃，不對。與其說因為是潔絲，不如說因為是金髮女孩，這樣比較正確吧。）

我立刻這麼說道，於是潔絲停下了手。

「豬先生喜歡金髮嗎……？」

（是啊。請金髮女孩像這樣撫摸我全身，是我從以前就有的夢想。）

潔絲露出好像理解了又不太能接受的表情站起身，稍微鼓起了臉頰。

「總覺得您是一隻見異思遷的豬先生呢。」

＊＊＊

「師父！師父！」

才心想傳來了像在跳躍般的聲音，便見原本在外面玩的巴特走進了帳篷裡面。從外面直接照射進來的日光，讓圍著破舊木桌靜靜地討論著事情的我們瞇細了眼睛。

「怎麼了，巴特，正在開會喔。」

我這麼說，於是巴特高舉像是紙片的東西。

「我跟莉堤絲在聊天的時候，有一隻白色貓頭鷹飛了過來！牠的腳上綁著信，一看之下還寫著收件人。是什麼來著……」

巴特瞇細雙眼看收件人姓名，突然有個辮子少女從他後面露出臉來。與在北部救了我的奴莉絲像是一個模子刻出來的，但跟她不同，會露出柔和表情的神祕耶穌瑪。現在被大部分的人稱為莉堤絲。

巴特抬起視線，咧嘴一笑。

「是寄給喜歡年長女性的赫庫力彭殺手與……**蘿莉控混帳**？嗳，這個赫庫力彭殺手說的應該是師父吧？」

他說誰喜歡年長女性？不過算了。看來似乎是寄給我的信。

「這樣啊，寄信人是？為何貓頭鷹會知道這裡？」

「上面寫著『下流豬緘』喔。」

薩農在一旁哼響豬鼻。

——看一下內容吧。說不定是王朝寄來的信喔。雖然有一點不明白蘿莉控混帳是什麼意思，但感覺恐怕是指我吧。

瑟蕾絲站在薩農的對面，幫忙轉播對話。她不知是在意什麼，有時會瞄向我這邊——正當我這麼心想時，瑟蕾絲慌忙地移開視線，開始撫摸黑豬。黑豬捲起來的尾巴微微地擺動起來。

我走近巴特身邊接過信，輕輕拍了拍少年的肩膀。

「謝啦。你跟莉堤絲一起再去玩一會兒吧。會議就快結束了。」

看到巴特離開後，我立刻打開信件，閱讀內容。

「寫了什麼？」

伊茲涅從桌子對面這麼詢問。我一邊將看完的信秀給薩農看，一邊說明。

「那個鳥窩頭的計策奏效了，王朝似乎改變了態度。為了對抗北部的威脅，王朝會發表結盟，希望我們同意。不會讓我們吃虧。上面這麼寫著。」

「結盟？」

約書蹙起黑色眉毛，伊茲涅也看似不快地扭曲了表情。

「當然不可能答應啦。為什麼我們要跟王朝結盟啊。」

理所當然的反應。伊茲涅與約書恨透了王朝，他們的怨恨搞不好比我更深刻。

「嗯，老實說我也不想答應這種事……」

「對吧。那種東西就無視吧。」

雖然伊茲涅這麼說，但既然那隻下流豬說「不會讓你們吃虧」，應該值得考慮一下。

「薩農怎麼看？」

我這麼詢問，於是薩農向我傳達。

——我認為應該答應結盟呢。

「為什麼啊？」

伊茲涅用凶悍的眼神瞪著薩農。

——因為照這樣下去，我們無法活下來啊。無論解放軍獲得多少民眾支持，實際上在戰鬥的依舊只有少數。相對之下，北部勢力的兵力仍深不見底。照這樣戰鬥下去，我們遲早會心力交瘁，又會像那場岩地之戰一樣慘敗喔。

暫時沒有任何人說一句話。但沒多久後，約書開口了。

「我明白薩農的意思。然而並不是沒有其他辦法。支持我們的群眾當中也有能夠戰鬥的人。比起與那群混帳傢伙聯手，應該先拜託那些人吧。」

薩農搖了搖頭。

——昨天那場戰鬥，你認為一般人即使加入，能派上用場嗎？正因為有王朝軍與魔法使的支援，解放軍才能幾乎沒有消耗什麼戰力就了事。通知我們有危險的發光箭書也是，很明顯地是用魔法傳送過來的對吧。是那個鳥窩頭的魔法使，即使在船上發生過那種事情後，也為了拯救我們而採取行動啊。因為某些緣故，強力的王朝表示想與我們聯手。不能錯失這個機會啊。

伊茲涅依然雙手交叉環胸，開口說道：

「我覺得很不爽呢。想要借用我們的力量，便表示王朝也感到傷腦筋對吧？那麼放著不管的話，王朝說不定會擅自瓦解。這樣一來我們就賺到啦。對吧，諾特。」

聽到伊茲涅把話題拋給我，我思考起來。老實說我不擅長思考複雜的力量關係。

「我認為只要最終我們能獲勝就行了。倘若是為了獲勝，我願意舔泥巴，也可以假裝與王朝聯手。既然薩農說應該結盟，我會聽從他的意見。」

大約兩個月前，與瑟蕾絲一同出現在我們面前的薩農，給年輕又還不成熟的我們許多戰略性建議，對解放軍的發展幫了很大的忙。即使是在一個月前慘敗的那場岩地之戰中，他也犧牲了自己開出退路，將解放軍的損傷壓抑到最低限度。

所以我完全信任薩農。

薩農看著我，緩緩點了點頭。

——一如茲涅妹咩所說的，王朝很有可能已經衰弱了呢。希望你們試著想一下。假如王朝就這樣毀滅的話？支持我們的人們說不定都會被北部勢力給支配喔。那樣的話，我們也會每況愈下。要是由北部勢力支配梅斯特利亞，你們認為那樣耶穌瑪的女孩們會幸福嗎？

薩農從鼻子發出哼哼的聲響，接著說道。

——這是順序的問題。首先暫且與王朝聯手。然後等毀滅北部勢力後，再來找辦法對付已經衰弱的王朝就好。我認為先把感情主義主張放一旁，目前暫且協助王朝比較明智呢。

他說得很有道理。伊茲涅與約書儘管不太情願，也點頭同意了。這下決定了。

——只是……

我詢問看似不安的薩農。

「只是怎麼了？」

——前提是那封信是真的才行。包括收件人姓名在內，信上寫的內容我認為很像是那個下流豬先生寫的喔。但若是魔法使，能強硬地從下流豬先生口中問出情報，偽裝成他寫信也不奇怪。所以如果是他的話，應該會用什麼很有他風格的方法，告訴我們這封信是真的才對呢……

薩農忽然注意到什麼，他開始用力嗅起信。

——可以幫我叫一下阿羅過來嗎？

我毫不迷惘地用手指吹口哨呼喚羅西。在外面警戒的羅西立刻進入了帳篷。

「怎麼了，薩農，你想讓羅西做什麼？」

——我想讓阿羅嗅一下信。

他在說什麼啊？儘管感到疑惑，我還是把信遞給在眼前坐下的羅西，讓牠嗅看看。

於是羅西搖擺尾巴，汪汪大叫，牠一邊用力擺動頭部，同時開始跳了起來。

王朝寄來的信會沾有讓羅西高興成這樣的氣味嗎？

「薩農，信上有什麼氣味？」

——有年輕女孩的腳的氣味喔。

為什麼這個人會知道那種氣味啊？

不過託他的福，謎題解開了。羅西會高興成這樣的腳的氣味。這表示——

「上面沾有潔絲腳的氣味嗎？」

黑豬點了點頭。原來如此。很像那隻下流豬會想的事情。

我瞥了一眼欣喜若狂的羅西，這麼宣言：

「就這麼決定了。答應結盟吧。」

＊＊＊

在我們寄出信的隔天早上，王朝在各處擺出了承認與解放軍結盟的告示牌，解放軍因此被允許在王朝支配的城市生活，也能夠光明正大地購買立斯塔等王朝流通在市面上的商品。解放軍立刻回應結盟，諾特將會在傍晚隻身前來王都會面。讓外部的人進入王都，似乎是史無前例的特別待遇。

修拉維斯搭乘王朝的龍毫髮無傷地回來了。他還無暇因為祖父之死萎靡不振，諾特來王朝一事便實現了。修拉維斯與馬奎斯一同前往會面的場所，也就是金之聖堂。

我和潔絲也被允許從位於牆邊的石棺陰影處悄悄窺探聖堂的狀況。對於夕陽會從彩繪玻璃照射進來的這個場所，我實在是印象深刻。這間聖堂是用來做什麼的地方呢？我感到有些不安。

無論是寬度、進深還是高度，感覺都有一百公尺以上的大廳。地板是將各種顏色的大理石組合起來的幾何學圖案，中央孤伶伶地擺放著一張黃金寶座。上次來的時候實在沒有餘力觀察，但仔細一看，牆邊有好幾個祭壇，各自都配置著氣派的石棺。從入口來看位於寶座對面的祭壇特別巨大，將左手貼在胸前，筆直地高舉右手的年輕女性雕像相當引人注目——拜提絲，是王朝之祖，也是讓暗黑時代終結的女魔法使。

馬奎斯傲慢地坐在寶座上，修拉維斯在他旁邊坐在木頭椅子上，維絲帶領諾特來到這兩人面前。諾特的裝扮跟前天看到時幾乎沒變，也沒有受傷，看來相當健康。只不過他脖子上圍著類似黑色披巾的東西。雙劍由維絲保管著。

我和潔絲倒抽一口氣，在旁觀看他們的樣子。

「歡迎你來。在這裡不要求禮節。放輕鬆吧。」

馬奎斯從寶座上這麼說了。儘管如此，諾特依舊跪在地上，稍微低下頭。看起來也像是他對放輕鬆這個命令小小的反抗。

——那就是諾特先生……我還是第一次這麼近看到。

潔絲輕輕地將手放在我背上，用心電感應向我傳達。

（是個型男對吧。是妳喜歡的類型嗎？）

潔絲沉默不語地羞紅了耳朵。不行，這是性騷擾發言啊。

──我……我不知道……畢竟還只有看到模樣而已……

這麼說也是，潔絲不是那種用外表來判斷男性的女孩呢。

「我很清楚你們非常憎恨我們。你們是真的有意結盟嗎？」

馬奎斯用低沉的聲音問道。

「無論是憎恨的感情還是想結盟的意願，都是貨真價實的。」

諾特也用低沉的聲音回應。

「這終歸只是戰略性的同盟。面對北部勢力，解放軍戰力不如他們，也缺乏情報，老實說看不到勝算啊。王朝也是，明明趕緊殲滅那些傢伙就好了，卻磨磨蹭蹭的不肯戰鬥。看來你們很傷腦筋不是嗎。這邊暫且把感情主義主張放在一旁，為了撲滅北部勢力同心協力吧──就是這樣的提議。」

把感情主義主張放在一旁……嗎？實在很像薩農會說的話。

馬奎斯用冷淡的眼神點了點頭。

「我非常明白了。以這邊的立場來說也沒有異議。同盟成立。來握個手吧。」

他站起身。諾特露出有些警戒的模樣，迅速地擺出應戰姿勢。

「怎麼了，以為我會殺了你嗎？」

「不好意思啊。看來在我內心深處，警戒心好像還沒解除啊。」

馬奎斯不屑地笑了笑。

「放心吧。假如我真的想奪你性命，在這種距離下，即使是坐著也足夠了。就像這樣。」

馬奎斯回到寶座上，蹺起二郎腿。隨後，在諾特周圍的地板，大理石接二連三地炸飛，以諾特為中心畫出漂亮的圓形。看來地板似乎被深深地挖了起來。

諾特完全無法動彈，只能僵在原地。

「怎麼樣？不過，還是先別握手好了。要加深信賴關係，最好的方法是推心置腹的對話啊。」

諾特蹙起眉頭，露出嘔氣的表情當場盤腿而坐。

「我有同感。順帶一提，你應該也很清楚，要是殺了我，會有一定人數的民眾造反，會出現第二、第三個領導者。因為你們的緣故在暗黑時代減少的國民人數，又會變得更少嘍。可別以為只有你們占優勢啊。」

諾特眼神帶刺地看著馬奎斯。

——是一位非常勇敢的人呢。

潔絲這麼向我傳達。

（妳喜歡上他了嗎？）

——嗯，有一點。

儘管知道她不是那個意思，我還是對自己輕率的發言感到後悔。

「真是個堅定不移的男人啊。有意思。好啦，你有什麼想說的話嗎？」

對於馬奎斯的提問，諾特思考了幾秒後才開口說道。

「潔絲目前在王都嗎？」

可以感受到她的手在我的背上抽動了一下。

「不好意思，我不能告訴你關係到王朝祕密的事情。」

「跟我說一下一起旅行的同伴後來怎麼樣了，也沒什麼關係吧。」

諾特像在挑釁似的說道。馬奎斯慎選用詞地開口說道：

「你對那個**耶穌瑪**產生感情了嗎？」

諾特的耳朵瞬間紅了起來。

「別說傻話了。誰會——」

「別那麼激動。我知道你執著於其他耶穌瑪。畢竟隔著金牢籠聽你熱烈演說過嘛。」

諾特猛然抬起頭來。

「難道你是……那時的……」

雖然不是很清楚他們在講什麼，但我相當佩服馬奎斯的話術。倘若被深入追究潔絲的事情，也可能會被察覺到魔法使與耶穌瑪的關係。他高明地打出一張手牌，將諾特的注意力從不方便談的潔絲話題上移開。

——豬先生知道諾特先生與我的事情嗎？

聽到潔絲這麼詢問，我想起內心獨白會被她看透一事。

（……我聽別人說過，但不清楚詳情。）

——聽說了什麼呢？

（……只有聽說諾特跟潔絲前往王都的旅程有一點相關。我不知道更多了。）

——這樣子嗎……等會兒請您告訴我詳情。

在我們這樣交談的期間，他們的話題也繼續進展。

「這也就是說，會推斷出場所的魔法，也是那時候施加上去的吧。」

諾特這麼說道。

「我一到達尼亞貝爾，那邊的鳥窩頭便找到我搭的船，而且連北部軍都來襲了。實在不覺得這是偶然啊。這是用魔法掌握了我的所在位置吧。感覺真噁心。不能幫我解除掉嗎？」

馬奎斯感到佩服似的換邊蹺腳。

「你很敏銳嘛。你說得沒錯。你的身體目前被施加了兩個位置魔法。」

「兩個？」

「對，一個是我施加的。然後另一個是我不知道的某人施加的。」

夕陽充斥的空間暫時被靜寂給籠罩。

「……這話是什麼意思？」

「要一一說明給你聽也很麻煩啊……所謂的位置魔法，通常只有使用了魔法的人與從那人口中得知偵測方法的人才能夠進行偵測。北部勢力的人不可能用我施加的位置魔法擅自特定出你的所在處。」

「……也就是說北部勢力有其他魔法使在嗎？」

「沒錯，而且那傢伙恐怕才是真正的幕後黑手。統率黑社會、煽動人反抗王朝，還有製造出那種叫奧格的怪物，這全部是那個魔法使搞的好事吧。我們稱呼那傢伙為暗中活躍的術師。」

「北部勢力的頂端不是寶石商人亞羅根嗎？」

諾特這麼指謫，於是馬奎斯感到煩躁似的摸了摸下巴。

「亞羅根已經由我親手擊斃，與地蜘蛛城一同化為灰燼了。」

聖堂一片鴉雀無聲。諾特看來不太能理解的樣子。

「你殺了他嗎？那麼，君王明明已經死了，為什麼北部軍還能毫無問題地行動？」

「我說過了吧，真正操控北部勢力的是暗中活躍的術師。我原本打算等你逃走後殺掉亞羅根，但那傢伙在不久前就已經死了。你明白這代表著什麼嗎？」

「他是被操縱了啊。難怪臉色那麼難看。」

馬奎斯哈哈笑了兩聲。

「看來是那樣。我的失敗在於沒有掌握到任何關於暗中活躍的術師的線索，就將地蜘蛛城燃燒殆盡了。所以才會像這樣甚至要借用你們的力量。」

諾特像是可以理解似的微微點了點頭。

「原來如此啊。那麼，魔法使先生啊，總之你可以先幫忙把我身上的兩個位置魔法都消除掉嗎？」

馬奎斯輕輕點了點頭。

「關於我施加的魔法，就幫你解除來作為信賴的證明吧。但另一個能先等等嗎？」

「怎麼，你消除不了嗎？」

「別小看我。我有那個意思的話，要消除多少都不成問題。那似乎是相當衰弱的老糊塗施加的魔法啊。」

「那你為什麼不消掉？」

馬奎斯像是要介紹投資方案一般，在臉部附近豎起食指。

「這樣想如何？現在要跟不知道所在處的敵人戰鬥。如果對方能主動現身，對我們而言再方便不過。」

「……意思是要把我當誘餌嗎？」

「你害怕嗎？」

「誰會怕啊。但跟那個什麼暗中活躍的術師碰上的時候，光憑我們可能有無法應付的狀況。魔法使大人應該會負起責任，親自來戰場助陣吧。」

「那當然。就是為此才結盟的吧。要請你們參加東邊最前線的戰鬥，作為最初的共鬥。在那裡將暗中活躍的術師引誘出來殺掉。如何？」

諾特來到這裡後，首次露出牙齒笑了。

「好啊。來大幹一場吧。」

諾特被維絲帶離了聖堂。潔絲看到他被帶走，便向我說「請跟我來」，接著從後門溜出聖堂，開始跑向諾特的方向。儘管心想這樣是否很不妙，我還是追在潔絲後面。

在被聖堂擋住夕陽的陰暗墳場旁，潔絲追上了諾特。

「諾特先生！」

維絲與諾特轉頭看向這邊。我飛奔到潔絲身旁。

「潔絲，怎麼了嗎？」

維絲一邊用手制止諾特，同時看似驚訝地說道。諾特蹙起眉頭，看著沒戴項圈的潔絲領口。比起胸部，他似乎對這邊更感興趣。

「那個，維絲小姐，對不起……我無論如何都有事想問諾特先生。」

以近乎全力奔馳的速度奔跑後，潔絲的呼吸有些紊亂，但她的聲音仍清楚明白地主張著。

「我認為在這裡與外部的人交談不是什麼好事……」

「拜託您，只要一下子就行。」

是因為奔跑的緣故嗎？潔絲眼中含淚地這麼訴說，我們表情嚴肅地注視著那樣的她。很少看到潔絲會這麼任性地主張。

「這樣子嗎，好吧。」

維絲向我與諾特使了個眼色。她的意思非常明確。

潔絲看向諾特，開口說道：

「請問諾特先生與我一起旅行過嗎？」

沉默。諾特眉頭深鎖，暫時看著遠方。

「抱歉，這個我不能說。因為這位大姊不准我跟妳聊以前的事情啊。」

「可是諾特先生在聖堂曾經說過，我是一起旅行的同伴。」

「妳聽見了嗎？」

感覺很尷尬，而且形勢不利。我只能在潔絲旁邊當一隻普通的豬。

「您果然知道些什麼呢。只有一點點也行。請告訴我。」

潔絲從我旁邊上前一步，逼近諾特。

諾特感到煩躁似的小聲咂了一下嘴。

「妳不明白嗎？不能說的事情就是不能說。我反倒想問妳一下。在我們這麼拚命思考關於現在和未來的事情時，為什麼妳這麼想知道過去的事情？」

被他非比尋常的眼神盯住，潔絲有一瞬間說不出話來。

但她小聲地低喃回應。

「……因為我很在意。」

妳是充滿好奇心的猛獸系女主角嗎？

（潔絲，該適可而止了吧。像這樣試圖從岔路恢復記憶，應該不是伊維斯原本的希望吧。）

我這麼說，於是潔絲猛然驚覺，用手摀住了嘴。

「的確是那樣……我……對不起……」

諾特一臉無法理解似的看著我。沒有人轉播的話，我內心的聲音便無法傳遞給諾特。

（潔絲，我有事拜託妳。我有事情想問諾特。妳能把我括號中的話傳達給那傢伙嗎？）

在潔絲的關注下，潔絲點了點頭。

（噯，諾特，為了將來，我想跟你確認一件過去的事情，可以嗎？）

「……什麼事？說來聽聽。」

被他這麼催促，我迅速地彙整思緒。我也有一件在意的事情。

——抱歉，因為她跟在北部讓我逃走的耶穌瑪感覺有些相像。

這是諾特在項圈號裡說過的話。諾特說讓自己從北部逃走的是耶穌瑪。

——說到底，讓諾特從鬥技場逃走的就是我啊。

這是昨天早上馬奎斯說過的話。馬奎斯說讓諾特從北部逃走的是自己。

還有剛才關於位置魔法的話題。從中引導出來的結論是……

（讓你從北部鬥技場逃走的耶穌瑪，是變裝成耶穌瑪的國王對吧。）

「沒錯。他還自稱是奴莉絲。所謂的魔法使真的不能大意啊，連外貌都能自由改變的話，根本無從警戒。」

聽到出乎意料的名字，讓我的豬心激烈地跳動起來。疑惑變成了確信。奴莉絲應該是以前與兼人相遇的耶穌瑪才對。她應該被徵召到北部王城工作才對。這也就是說──

「僅供參考──」

維絲這麼插嘴了：

「改變外貌的魔法不是能那麼輕易地使用的魔法。暗中活躍的術師並沒有到達那種領域──這是王朝從位置魔法的品質倒推出來的分析。請您放心。」

「是嗎，那也就是說我們只要警戒王朝的間諜就行了吧。」

是諷刺還是真心話呢？諾特話中帶刺地說道。維絲俯視著我，向我傳達。

──就到此為止吧。

她的意思是要我別告訴諾特我推敲出來的真相。

（謝啦，諾特。對我很有幫助。）

我經由潔絲這麼傳達後，諾特嘆了口氣。

「這種事直接問國王不就好了嗎？不過算啦。那麼臭豬仔，那邊的事情就拜託你啦。」

維絲向諾特點頭打暗號後，諾特乖乖地與維絲一同邁出步伐。我們在原地目送兩人的背影。

「那個……豬先生。」

聽到潔絲向我搭話，我看向那邊。

（怎麼了？）

「您注意到什麼了嗎？」

我迷惘了一陣後，判斷這應該是可以跟潔絲商量的事情。

（是啊。我明白寄信時看到兩個位置魔法的理由了。）

「為什麼呢？我很好奇！」

那種說法實在有點……

（馬奎斯潛入北部時，用魔法變裝成了耶穌瑪的模樣。然後他讓諾特逃脫、讓解放軍復活，甚至還進展到締結同盟。到這邊為止沒問題吧？）

「是的。」

（接著是諾特告訴我的事情。馬奎斯自稱是「奴莉絲」對吧。然後我透過從某個管道獲得的情報，知道北部王城真的有一個名叫奴莉絲的耶穌瑪被徵召。這樣一來——）

「問題在於真正的奴莉絲小姐上哪去了呢。」

她理解得這麼迅速，真是幫了大忙。

（沒錯。而且我知道她的去向。）

「是這樣子嗎？」

（對。就是我跟解放軍成員在停泊於尼亞貝爾的「破裂項圈號」中見面的時候。諾特說有個耶穌瑪長得很像幫他逃走的耶穌瑪。）

——這女孩完全失去了到最近為止的記憶，之前在這一帶徘徊。雖然說話腔調很像北部的人，但她是貨真價實的耶穌瑪喔。所以我們收留了她。因為不知道名字，姊姊就叫她莉堤絲。

（據其他傢伙所說，那個耶穌瑪完全沒有到最近為止的記憶。那女孩也不曉得自己是誰。她的記憶被消除了。這種事只有魔法使才辦得到。）

「這表示是馬奎斯大人消除了真正的奴莉絲小姐的記憶，讓她逃走了呢。」

（應該是那樣吧。倘若她知道自己是被北部王城徵召的奴莉絲，將那樣的她放走到外面，變裝成那個奴莉絲的自己便有可能被發現是冒牌貨。所以才消除了她的記憶。）

「然後解放軍的人們偶然撿到了那位奴莉絲小姐……」

（如果是那樣就好了呢。）

「不是嗎？」

（嗯。在這裡會回到最初的謎題。為什麼馬奎斯的位置魔法在地圖上很接近的位置顯示出了兩個？）

「啊……真正的奴莉絲小姐身上也有位置魔法？……」

（肯定是那樣沒錯。我想馬奎斯應該是故意讓解放軍的餘黨撿到真正的奴莉絲。因為他施加了位置魔法，以便能夠追蹤那些傢伙的所在處。）

「那麼，他說消除了諾特先生的位置魔法也是……」

（雖然在修拉維斯面前，馬奎斯說是信賴的證明，但並不是那麼回事。說到底，諾特他們根本無法偵測魔法吧，所以即使沒有消除，我想也不會穿幫就是了。因為他在真正的奴莉絲身上設下了位置魔法，才會那麼從容不迫。）

果然馬奎斯完全不信任諾特。他一定打算徹底利用解放軍，最終靠力量讓他們屈服吧。

說不定我跟薩農朝不得了的方向前進了。

夜晚。諾特回到解放軍的營地，王家的三人忙著處理庶務。晚餐後我在潔絲的邀請下，來到有大型噴水池的廣場。薔薇灌木叢的配置顯然經過規劃，散發一種庭園般的風情。這裡是由維絲管理，在內宅中似乎也是最舒適的場所。晚風被圍住三方的磚造建築物擋住，剩餘的一方與正上方有彷彿被剪下來的美麗星空。

潔絲坐在圍住噴水池的飲水處邊緣，擺動著不是赤腳的腳，開口說道：

「諾特先生他……果然認識我。」

（是啊。）

我坐在潔絲身旁，雖然貼得很近，但看不到祕密花園的地方。

「那麼，夾在我記憶中的書籤，果然是為了諾特先生存在的嗎？」

潔絲看似苦惱地說道。

「伊維斯大人告訴我在被封印的記憶中，有一直陪伴我的**某位人物**存在。諾特先生就是我的**書籤先生**嗎？」

伊維斯說過那種話嗎？儘管感到意外，我仍表示肯定。

（……說不定是那樣呢。）

潔絲露出感覺有些遺憾的表情。

「其實我……有一點小小的想法。儘管我沒有根據。但是……我在想說不定豬先生就是**書籤先生**——」

潔絲有些疲憊的眼神看向了我。我連忙否定。

（怎麼可能有那種事嘛。我反倒想問妳為什麼會這麼認為？）

「那個，一如我所說的……我沒有根據。但我是這麼想的。」

潔絲露出看來很寂寞的表情。

「假如是在危險的旅程中，一直陪伴著我的人——倘若有一位重要到讓我夾住書籤，無法忘記的人……在目前這種非常不平靜的時候，他一定也會陪伴在我的身旁吧——我這麼認為。」

……

「對……對不起。這種事根本是妄想，而且很任性呢。請您忘記吧。」

自己這麼否定的潔絲實在很堅強，又十分可憐。

（那傢伙說不定是覺得潔絲可以自己一個人活下去了。說不定是有什麼其他更重要的東西。又或者可能是已經死掉了。妳可別誤會啦。我只是碰巧，**偶然到達這裡**，才待在妳身旁而已。）

「就是說呢，對不起，我還以為……」

潔絲欲言又止。

（我說過對吧。我是從別的國家來的人類。我在那個國家還留下了超絕可愛胸部又不會太大而且個性宛如天使一般的女朋友。雖然現在能幫上潔絲的忙，但我是一隻遲早會消失不見，回到原本國家的豬。）

「啊……原來是這樣呀……」

潔絲的腳稍微遠離了我。這樣就行了。

「如……如果是豬先生的戀人，一定是非常出色的人呢。」

潔絲看著跟我有段距離的地面，用感覺有些變尖的聲音這麼說了。

（為什麼妳這麼覺得？）

「因為豬先生是非常出色的人呀。」

才沒那回事。

（那我反過來問妳……假設潔絲說的「書籤先生」真的存在，妳覺得他是怎樣的人？）

潔絲稍微思考了一下後，看似悲傷地笑了。

「說得也是呢……我認為他一定也是一位出色的人。」

……？

（這又是為什麼？）

「因為他願意陪伴在沒有任何優點的我身旁……所以一定是一位溫柔又出色的人。」

（沒有優點？別說傻話了。反倒該說找不到缺點。）

「是那樣嗎……我想應該有很多缺點……」

潔絲一臉疑惑。這就彷彿力推對象遭到侮辱一樣，讓我火大不已。

（什麼缺點，說來聽聽。）

潔絲緊張地嚥了一下口水。

「我……只會在內心盼望，光憑自己什麼也決定不了。」

（這表示妳總是在忍耐，會以別人的判斷為優先吧。不會固執己見是一種溫柔啊。）

「我是個無藥可救的好奇寶寶。」

（好奇心是學習的原動力，追究真理之心是正確的表現。根本不是什麼壞事。）

「我也沒有朋友。」

（我覺得在那種境遇下還有朋友比較奇怪吧。不滿的話，我來當妳的朋友。）

「魔法也很差勁。」

（才剛過兩、三個月而已吧？如果是嬰兒，甚至都還不會爬行喔。）

「而且……我胸部也很小！」

（我倒是比較喜歡這樣的大小啦！）

「咦？」

啊。

（抱歉……妳沒在問我的喜好呢。）

即使是在月光下，也能看出潔絲染紅了臉頰。

「豬先生無論什麼事，都會像這樣稱讚我呢。」

（跟潔絲有得比吧。）

「這是為什麼呢？明明只有在一起兩、三天而已……卻覺得豬先生好像很了解我。簡直就像陪伴了我很長一段時間一樣……」

（難道不是因為每晚都會出現在餐桌上的關係嗎？）

潔絲看著這邊想說什麼，但結果還是閉上了嘴，曖昧地笑了笑。

（算啦，過去的事情怎樣都無所謂。我是被潔絲的未婚夫吩咐才來到這裡，另有隱情的豬。就只是這樣，沒有任何特別的理由。我也會拚命幫潔絲想辦法，所以潔絲也助我一臂之力吧——以朋友的身分。）

潔絲像是想通了似的點了點頭。

「我知道了。我們是朋友。」

然後她用天使般的微笑說道。

「請多指教嘍，豬先生。」

王冠石城是蓋在馬多這個山間村莊的堅固山城。據說是因為在被斷崖圍住的岩山上以王冠般的形狀聳立著，才會叫做這個名稱。砌石塔相隔一段距離並列著，那形狀就像是西洋棋的城堡本身，布滿在中間的障壁宛如蜿蜒曲折的萬里長城一般。

潔絲、修拉維斯與我離開王都，來到王冠石城中最高的塔。在斷崖底下可以俯視到枯草色的廣大濕地。這片濕地便是目前王朝與北部勢力的支配地區的邊界。

天氣是陰沉沉的陰天。明明還是上午，卻陰暗到連影子都看不見。

包括諾特在內的解放軍一行人，在障壁的四處進行著準備。這次會把被施加位置魔法的諾特當成誘餌，將北部勢力引誘到這座石城來應戰。

攻城戰基本上是防守方有利。王冠石城是在王朝的支配下，因此以北部勢力的立場來說，胡亂派兵攻擊可能會被王朝的魔法使殲滅。換言之，要襲擊諾特的話，必須打出有一定水準的卡牌才行。換句話說，就是身為幕後黑手的暗中活躍的術師本人親自出馬的可能性很高。我們計劃要利用這次機會擊潰他。

不過這次為求萬全，馬奎斯留在王都。因為萬一馬奎斯像伊維斯那樣受到詛咒，似乎當真會變成王朝滅亡的危機。修拉維斯也是，儘管被派遣過來，但他基本上被命令閉關在石城的最內部。

只有在能看到對方的王牌時才出場。因為暗中活躍的術師八成是個老糊塗，只要沒受到詛咒，便能用突襲的方式立刻殺掉他——這就是馬奎斯的指示。

連潔絲與我都來到這座石城，是為了在有什麼萬一時成為王朝與解放軍的中間人，以免修拉維斯遭到殺害。

剩下只要等敵人來。修拉維斯雖然被馬奎斯禁止，仍帶著潔絲與我去接觸諾特。諾特在位於城牆上的石板廣場，坐在台階上啃著蘋果。伊茲涅與約書坐在他兩旁。諾特裝備著雙劍、伊茲涅裝備著大斧、約書裝備著十字弓，是隨時都能戰鬥的裝扮。諾特仍然用黑色披巾覆蓋著脖子。

修拉維斯走到三人面前，開口說道：

「那時受你們照顧了啊。」

修拉維斯與潔絲穿著那件點滿防禦力的長袍。我則是赤身裸體。

姊弟大吃一驚並稍微退後，但諾特則維持原樣，大口咀嚼著蘋果。

諾特緩緩地將蘋果吞下去後，總算開口了。

「我還以為魔法使大人不會過來呢。」

然後瞥了一眼潔絲與我。

「為什麼連這些傢伙都來啦？」

「是應急食物與負責照顧食物的人。」

修拉維斯平淡地回應。嗯？你說誰是應急食物？

諾特不屑地哼笑了一聲。

「算啦。有什麼事？」

聽到諾特這麼說，修拉維斯將手上拿的塑膠袋尺寸的麻袋放在諾特面前。

「打開看看吧。」

諾特拉開束口袋形狀的麻袋口。

「哇喔。」

窺探了袋子的瀏海陰沉角色約書發出這樣的聲音。

袋子裡面裝滿了大中小的彩色寶石——也就是魔法的結晶，立斯塔。

「這些是最高級的立斯塔。在這次的戰鬥中儘管用掉，別吝嗇，剩下的就你們帶回去吧。」

伊茲涅鬆開交叉的雙手，從袋子裡拿出一個黃色立斯塔，開口詢問：

「這個周圍顏色比較淡的是瑕疵品？」

是個清澈透明的立斯塔。雖然中央部分是深黃色，但周圍幾乎是無色。

「那個是——」

回答她的並非修拉維斯，而是諾特。

「可以用一招放出巨大魔力的立斯塔。要是用在大斧上，一定會連自己都灰飛湮滅喔。」

修拉維斯看似意外地說道：

「你知道得真清楚呢。這個應該沒有流通到王都外啊。」

「是國王親自給我的。」

諾特這麼說，同時一個勁兒地搜刮紅色立斯塔。

看似滿足地吐了口氣後，修拉維斯靠近扮演著陰沉角色的約書。

「你擅長狙擊嗎？」

聽到他這麼說，約書從瀏海底下看向修拉維斯。約書細長的手指驀地指向修拉維斯的右眼。

「下次絕對不會射偏的。我會從眼球射穿到腦幹給你看。」

「是嗎。那很好。借我幾根箭。我幫你裝上魔法。」

約書猶豫了一會兒後，從裝備在腰上的箭筒只拿出了一根箭。

「只要一根就好了嗎？」

「要把諾特當成誘餌，引誘很不妙的傢伙出來對吧。那樣的話，有命中那個不妙傢伙的一根就足夠了。我盡可能不想借用魔法使的力量。」

伊茲涅笑了笑。

「要是來了兩個不妙的傢伙怎麼辦啊。明明先請他幫忙多裝幾根就好。」

約書堅持不肯讓步。

「就一根。那麼，你會幫我做什麼呢？」

「凍結、電擊、爆炸，幫你賦予其中一種效果吧。」

「那就凍結吧。另外兩種靠這邊這兩人就足夠了。」

「了解。」

修拉維斯握住箭，有一瞬間閉上了雙眼。

「這樣就行了吧。不刺在有水分的地方就沒有意義。別射偏啊。」

「我說了不會射偏吧。」

約書將接過來的箭隨意地放回箭筒。他能夠分辨出跟其他箭的不同嗎？

雖然修拉維斯宛如雕像一般面不改色，但無論是因為盤算還是因為好意，他都展現出積極合作的態度。他不會像父親那樣壓迫人，也感受不到像是瞧不起諾特他們的態度。雖然有些冷淡，卻是個有骨氣且表裡如一的誠實傢伙。說不定意外地會成為一個好丈夫呢——我坦率地這麼心想。

我不經意地看向旁邊，可以看到潔絲用感覺有些不滿的視線看著我。而且在視野的邊緣——可以看見有什麼白色的東西幾乎是從正後方衝了過來。

不妙——我還來不及這麼想，白色毛茸茸便撲倒了潔絲。牠激動地大口喘氣。

「咦？那個，不可以，等一下，啊……」

是羅西。變態狗將潔絲脖子以上的部分大致舔了一遍後，把鼻頭鑽進長袍下襬，開始瘋狂嗅起潔絲的絕對領域。

真羨——饒不了牠啊？居然因為是獸類就為所欲為。

我靠近潔絲身邊想撞開羅西，結果用力擺動的毛蓬蓬尾巴啪啪地拍打著我的鼻頭。

「羅西，你該適可而止了。過來這邊。」

諾特這麼說，於是羅西總算從潔絲的兩腿間探出頭來，依依不捨地踏著輕快的步伐前往飼主那邊。

「是家犬嗎？」

修拉維斯這麼詢問，羅西隨即對那邊表現出感興趣的樣子。

「沒錯，是我的搭檔……你在做什麼啊？過來。」

羅西不知為何有些客氣地嗅著修拉維斯的腳，聽到主人呼喚後，牠從鼻子哼了一聲，回到諾特身旁。

「真稀奇呢。牠居然會對男人的腳感興趣。」

諾特一邊搔著臉頰一邊說道。那隻阿狗是否太缺乏管教了？我根本沒聽過有獸類會對女性的腳感興趣。真是前所未聞的變態。

（妳沒事吧，潔絲。）

——嗯，我稍微嚇了一跳……我的臉有那麼好吃嗎？

（這個嘛……不試吃看看就不知道呢。）

——那個，我是開玩笑的……不用試吃沒關係喔……？

潔絲有些不敢領教似的站起身，用袖子擦拭沾滿口水的臉頰。

與此同時，命運之太陽落下了。

叫醒我們的不是小鳥的鳴囀，而是敵襲的鐘聲。

「我去從暗地裡支援前線，讓士兵不會筋疲力盡。你們從這裡監視諾特，有什麼事情的話，就摔破那顆玻璃球。」

修拉維斯這麼說，留下一顆風鈴大小的玻璃球後，便衝出了房間。正值半夜。只有我與潔絲被留在石城最深處的這個房間。諾特的樣子應當可以從窗戶俯視看到，但光憑我頭部的高度完全搆不到——正當我這麼心想時，剛睡醒的潔絲幫忙搬了一張合適的桌子到窗邊。

（謝謝妳啊。諾特呢？）

我邊說邊站上桌子，於是可以看見諾特雙手交叉環胸，動也不動地站在白天修拉維斯去見他的廣場上。伊茲涅坐在稍微有點距離的地方。不見約書和羅西的身影。恐怕是躲藏起來了吧。而且在對面非常底下的陰暗濕原中，有許多火把緩緩地搖晃著。從遠方傳來無數鎧甲喀嚓喀嚓的聲響。

「豬先生，怎麼辦呢……」

（以現狀來說，只要待在這裡，我們就不會有事。愣靜一點。）

海戰的時候我也感受到了，即使是跟異世界故事的主角待在一起，我在這種時候基本上都是無能為力。瑟蕾絲與薩農應該也退到安全的地方了吧。

我們的工作不是上前線戰鬥，而是在戰場之外戰鬥。

（在窗邊待太久並不好。用鏡子來觀察底下的狀況，我們退到裡面等待吧。）

我向潔絲指示擺放鏡子的場所，請她把鏡子擺到可以坐著觀察諾特情況的地方，然後我們坐在床上，決定在陰暗的房間裡靜靜不動。潔絲身上穿著點滿防禦力的長袍。

「豬先生……那個……我可以靠近您身邊嗎？」

我看向潔絲。因為睡姿稍微翹起來的頭髮——這不是重點。

（別靠近到會挨修拉維斯罵的程度啊。）

我這麼傳達後，潔絲湊近過來，近到她的腰可以陷入我趴在床上的五花肉裡。她的手感到不安似的撫摸著我的背。

（沒事的。真的不要緊，所以妳用不著那麼靠近啦。）

「對不起……可是，那個……我很害怕——」

潔絲用愈來愈小聲的微弱音量說道。這樣啊，會害怕也是無可奈何的呢。

（妳知道吊橋效應嗎？）

為了消愁解悶，我開了個話題。潔絲隨即將手指貼在下巴，思考起來。

「如果是利用週期有效率地破壞吊橋的方法，我倒是在書上看過……」

呃，破壞吊橋幹嘛啊？

（不是那樣。我說的是因為恐懼而心跳加速時，身旁有誰在的話，會產生那種心跳加速可能是戀愛感情的錯覺，結果真的喜歡上那個人的這種效應。）

像是搖晃的吊橋，或是遭到攻擊的城堡裡頭，我說的是這種狀況。

「豬先生感到心跳加速嗎？」

有這種美少女投懷送抱的話，處男都會心跳加速吧……

（笨蛋，我說的是潔絲啦。就算搞錯妳也別喜歡上這種豬啊。）

「咦，啊……說我嗎？不……不會的，不要緊……」

沉默了一陣子後，潔絲小聲地喃喃自語。

「原來您是處男先生呢……」

對啦！我是沒有女友的經歷等於年齡的四眼田雞瘦皮猴混帳處男！有意見嗎！

「不……不是，我並不是有意見什麼的，要這麼說的話，我也是——」

內心獨白讓妳看到爽的大放送期間已經結束了耶？

「啊，對不起……可是豬先生，您不是說有超絕可愛胸部又不會太大而且個性宛如天使一般的女朋友……」

對喔。

（女朋友是最近才交到的。嚴格來說的確不是等於，不過沒有女友的經歷跟年齡都是十九，這點一致。就別在意細節了。）

沒有任何回應，因此我看向潔絲，只見褐色的眼眸目不轉睛地注視著這邊。

（什麼事？）

「沒什麼，那個，我並不是懷疑您。不過——」

潔絲還在看著我。

「我一直以為豬先生是會在意細節的人。」

（妳怎麼講得好像警視廳的窗邊刑警一樣……我意外地粗枝大葉喔。）

潔絲用無法接受的表情低喃一聲「這樣子嗎」後，露出微笑。

「原來您是粗枝大葉的處男先生呢。」

…………

有必要讓這兩點產生關連嗎？

在我們用無聊的對話排遣不安時，看到鏡子上映照出兩道紅色光芒。隨後，那光芒一閃。可以知道是諾特採取了迴避行動。

還沒時間思考他那麼做的理由，便有像是火球的東西以驚人的氣勢飛了過來，直接命中了我們所在的房間。

光芒炸裂開來，石頭掉落，煙與沙塵飛舞著，周圍在一瞬間從天堂變貌成混沌的地獄。

「豬先生，您沒事嗎？」

聽見潔絲的聲音，讓我放心了。視野一片漆黑。背上有什麼柔軟的感觸。

（抱歉，我想應該沒事。但搞不清楚是什麼狀況……）

「是伊維斯大人的長袍保護了我們。」

視野擺脫了黑暗。是潔絲壓在我身上，用長袍保護了我。岩石碎片從潔絲的背上滾落下來。這裡應該是房間裡頭才對，但抬頭一看卻能看見映照著火焰赤紅的黑雲。床鋪碎片散落在我們的周圍。

（不是長袍。是潔絲保護了我啊。）

我這麼傳達，於是潔絲感到為難似的將眉毛彎成平緩的八字形。

「我認為應該沒那回事……」

嗯，算啦。

（一邊掌握現狀，一邊避難吧。既然敵人有火力那麼強大的武器，高處反倒很危險。）

我與潔絲慎重地在瓦礫的縫隙間行走，移動到樓梯還殘留著原本形狀的地方。我們從那裡急忙地下樓。沒有追擊的跡象。

（話說回來，剛才的攻擊是怎麼回事啊。）

潔絲一邊奔跑，一邊瞄向這邊。

「我想應該是砲擊，那砲擊恐怕是使用了從耶穌瑪的項圈取出來的魔力。畢竟靠立斯塔和火藥是發揮不出那種威力的……因為就伊維斯大人和馬奎斯大人的分析，據說暗中活躍的術師在攻擊力方面只能使用低劣的魔法。」

我想起以前聽說過的事情。耶穌瑪的項圈會以高價被交易的理由——耶穌瑪少女們會被冷酷無情地砍掉頭的理由。

北部勢力至今是怎麼儲備兵力的？光用想的便讓我毛骨悚然。

（原來如此啊。學到了一課。）

我們沿著石城快崩壞的曲折通道奔跑，沒多久後下來到地面的高度。周圍的砌石已經崩塌，四處可見火球碎片在燃燒著。

從毀壞的牆壁陰影處傳來了腳步聲。

（有人在喔。）

我停下腳步，擋住潔絲前進的方向。聽聲音可以知道對面也停下腳步。究竟是誰啊。

「潔絲小姐……！」

可以聽見像耳語般的聲音，我解除警戒。是瑟蕾絲。

纖瘦的少女從牆壁對面現身。雖然有些皺巴巴的，但跟以前看到時一樣，是深褐色連身裙打扮。她的腳邊有一隻很大的黑豬。

黑豬從鼻子發出哼聲，瑟蕾絲猛然摀住了嘴。

「對……對不起……」

瑟蕾絲對黑豬小聲地說道。潔絲靠近那樣的瑟蕾絲。

「妳……認識我嗎？」

「不，那個，呃，不……不認識……」

也太不會說謊了吧？

（潔絲，這傢伙是我認識的人，她叫瑟蕾絲。）

「瑟蕾絲小姐……」

我瞥了一眼喃喃自語的潔絲，詢問瑟蕾絲。

（噯，瑟蕾絲，諾特他們怎麼了？）

「我跟薩農先生一起避難時，和他們失散了……我想一定是在可以眺望遠方的廣場上……」

也就是說跟他們一開始布陣的那一帶沒有離太遠吧。

和瑟蕾絲他們碰面了是很好，但接下來該怎麼做才好呢？

正當我思考時，發現薩農一邊從鼻子發出呼齁聲響，一邊接近潔絲。

不妙！必須保護潔絲不受變態臭豬仔玷汙！

我拜託瑟蕾絲，向薩農傳達。

（薩農先生，這樣不行喔。請你別對我的潔絲出手——應該說別對她出鼻呢。）

我擋住去路拚命威懾他，於是黑豬停下腳步，抬頭仰望潔絲。

——唔喔，真是失禮了。因為這女孩實在太可愛，我一個不小心就……哎呀不過，不要緊的喔。因為我是一隻懂得分寸的豬先生嘛。

「我的潔絲……」

聽到潔絲這麼重複，我察覺到自己的失言。

（這是在說妳是我重要的飼主。絕對不是什麼奇怪的意思喔。）

原本一臉疑惑的潔絲恍然大悟似的抬起下巴。

「就……就是說呀，不要緊的，我明白喔。」

瑟蕾絲目不轉睛地看著我那樣子。

（什麼事？）

我回看她，於是瑟蕾絲稍微露出笑容。

——**混帳處男**先生也跟我一樣呢。

什麼意思啊？我一邊從鼻子發出哼聲，同時向三人傳達。

（雖然好不容易碰面了，但我們聚在一起也沒有意義。瑟蕾絲要跟薩農一起支援諾特他們對吧？不好意思，我的工作是讓潔絲遠離所有危險。我們暫且在這邊分別吧。）

黑豬似乎也同意，朝著我點了點頭。

——彼此都要平安無事啊。

（是啊。請不要在這種地方死掉喔。）

黑豬點了點頭後，戳了戳瑟蕾絲，開始走向我們剛才過來的方向。瑟蕾絲也跟在他後面。

（瑟蕾絲他們前往那邊，表示我們照這個方向前進就安全了吧。走嘍。）

「……是的。」

潔絲在話語中透露出不滿，同時點了點頭。

我一邊前進，一邊詢問。

（怎麼了，有什麼事讓妳感到不滿嗎？）

潔絲氣呼呼地鼓起臉頰，俯視著我。

「混帳處男先生，瑟蕾絲小姐那句『跟我一樣』是什麼意思呢？您果然隱瞞著什麼呢。」

…………

（拜託別那樣叫我，由具備知識的潔絲來說，形象會崩壞的啊……）

「您打算敷衍過去嗎……」

這實在太難解釋，我選擇逃避。

（總有一天我會告訴妳的，先集中在現狀上吧。雖然敵兵沒有來到這裡，還是嚴禁大意。）

正當我這麼說時，不知不覺間已經來到了廣場附近。轉角前方可以看見兩道紅色光芒，我立刻停下腳步，靠近牆壁。

（很不妙呢，好像是反方向。）

我定睛細看。在陰暗的石板廣場上，劍士拿著閃耀紅色光芒的雙劍，與某個東西對峙著。圍在劍士脖子上的披巾隨著晚風飄揚。

「果然是你嗎？據說在暗地裡操縱北部勢力的魔法使。」

諾特對峙的人影個頭很高，穿著有好幾處燒焦裂開的灰色長袍。還拄著用黃銅色金屬製成的細長大杖。

「又見到你了啊，小毛頭。你看來挺有精神的嘛。」

彷彿摻雜了冬天晚風一般低沉且冰冷的聲音，從遠方清晰地傳來。

諾特就那樣注視著人影，用左手的手指將立斯塔從雙劍卸下，丟到地面上。他的手指用宛如魔術師一般流暢的動作，將新的立斯塔裝備到雙劍上。

「對我的處置夾雜了一堆你的私仇，是因為你操縱著王嗎。沒殺掉我真是遺憾啊，老頭。我會好好地回報你對我的拷問。」

也就是說，諾特之前提到那個亞羅根的貼身拷問官，正是暗中活躍的術師嗎？

兩人持續互瞪。為何諾特不攻擊？我不禁著急起來，但看見對方的長袍，我大概能想像到了。那些燒焦的痕跡恐怕是諾特的攻擊造成的。對他完全無效。這時我猛然驚覺到一點。不妙了。

（那就是暗中活躍的術師吧。）

——看來是那樣。

（魔法使說不定也能聽見我們這些對話。立刻離開這裡吧。）

——說得也是呢，我們回去找救——

「好像有伏兵啊。」

傳來這樣的聲音，讓我毛骨悚然。因為總覺得那是針對這邊所說的話。

「如果我說就是針對那邊，你們要怎麼做？」

潔絲將手放在我脖子後面。不妙，已經穿幫了。

（我去應付。潔絲快逃吧。）

——可是……

（不要緊的。要戰鬥的不是我。）

我只傳達了這句話，便飛奔而出。潔絲的指尖從我的脖子上離開。

我跑到諾特的旁邊後，總算在壓低到蓋住眼睛的兜帽底下，看見了對方的臉。

是個鷹鉤鼻且皺紋很深，長相可怕的老人。長長的白髮蓋住他的臉。皮膚像是漂白了一般蒼白。不知何故，輪廓看起來有些模糊，給人一種宛如影子般的印象。只有那雙金色眼眸，在火球碎片的照亮下閃耀著凶猛的光芒。他看起來像是有一大把年紀，但也像是洋溢著生命力的樣子。到底是幾歲呢？

「給你個提示當作參考吧。我跟拜提絲同年紀。」

老人擅自看透我的內心獨白，這麼向我說了。怎麼可能，騙人的吧……？

不過，這麼說很合理。與其思考王朝不知道的魔法使是從哪裡冒出來的，認為**拜提絲沒封印到的魔法使現在也還活著**會比較自然吧。

「你就是那隻豬吧。在巴普薩斯沒殺掉你，我們是第一次直接碰面嗎？雖然也想把你先殺掉……」

老人思考了一會兒後，開口說道：

「算啦，多少可以打發時間嗎。去死吧。」

該怎麼做才好？會有怎樣的攻擊過來？

因為極度的緊張，我倒豎全身的毛凝視著老人，於是老人舉起大杖。我立刻為了迴避奔跑起來。在豬的廣闊視野邊緣，可以看見老人將大杖刺向地面。

「嗯咕喔——！」

腹部感受到劇痛，我跌倒在地。一看之下，只見大杖銳利的前端宛如竹筍一般從石板地面竄出來。另一隻眼睛看見了老人拿著的大杖刺入石板。這種遠距離攻擊太卑鄙了吧。

就在這個瞬間，諾特動了起來。他是瞄準了正在進行攻擊動作的老人吧。他擺出前傾姿勢，將左手的劍朝老人用力地揮落。

從諾特左手炸裂的是巨大的眉月形火焰。宛如瀑布般的火焰團在一瞬間吞噬了老人。火焰順勢劃破石板，華麗地破壞了位於老人後面的城垛。

「豬先生，您沒事嗎？」

我回過神時，只見潔絲就在我身旁。我因為疼痛，維持著翻倒在地的姿勢看向潔絲。

（別過來，很危險啊。）

「如果是那種攻擊，無論待在哪裡都一樣。」

義正詞嚴的反駁讓我無言以對。

（可以幫我看看腹部的情況嗎？我沒辦法看清楚自己的腹部啊。）

「……是刺傷。不要緊的，我會幫您治好。」

潔絲將手貼在我的腹部，於是可以感受到疼痛逐漸消退。

「可是，這種黑色瘀青是什麼呢……」

我側目看了看感到疑惑的潔絲，站起身來。雖然還有點疼痛，但能夠忍受。

老人暫時被火焰包圍，但他維持著站姿滅掉了火。他的皮膚燒焦，白色骨頭裸露出來。真讓人沒勁。難道這樣就能擊斃他了嗎？

不過，事情沒那麼簡單。

灰燼在老人周圍飛舞起來，逐漸回到原本所在的地方。眼看著細長的肉體逐漸再生。細微的灰燼在空中連接起來變成纖維，變成布料，然後化為長袍的形狀覆蓋住那身體。

我們只能在一旁看著。還不到三十秒，老人就恢復成原本的模樣。

「這身體已經攝取了數百顆果實。不會那麼輕易地毀滅。」

老人一邊轉動頭部，一邊這麼說了。他說果實？是惡魔果實還是什麼嗎？

諾特一邊交換立斯塔，一邊向老人說道。

「你廢話還真多啊。想爭取時間搞什麼把戲嗎？」

諾特緩緩地在臉部前方交叉手臂。隨後，他揮落雙劍，朝老人放出X形狀的火焰。那就是暗號。

老人用大杖擋掉諾特的火焰。這時羅西從黑暗中衝出來，從背後咬住老人的脖子。火花在羅西的嘴邊劈里啪啦地流竄，老人失去平衡。羅西一蹬老人跳向旁邊閃躲，同時響起像是笛子的聲音，當我注意到時，一根箭已經深深地刺進老人的眼睛。老人的身體倒向地面。他的頭部開始被霜覆蓋。似乎是設置在箭上的魔法生效了。

攻擊並非這樣就結束了。才心想有高舉大斧的影子從樹上落下，只見那把大斧朝老人的頭部一口氣揮落下去。剎那間，宛如落雷般的閃光與衝擊，讓周圍的情報都變成一片空白。

當眼睛習慣時，原本是石板的地面被大片挖起，露出泥土，可以看見焦黑的人類碎片散落四處。諾特將核桃大小的三顆金屬球一起扔入那個洞穴裡頭。

爆炸。

等煙霧消失後，我們窺探洞穴。除了大杖以外，沒有任何東西還保有原形了。

「這樣就結束了？」

伊茲涅將大斧放到肩上，這麼說道。

諾特沒有收起雙劍，就這樣默默地窺探著洞穴。

正值此時——

有什麼東西在洞穴裡動了起來。響起沙沙的詭異聲響。諾特讓雙劍閃耀紅光，照亮洞穴。發生了令人難以置信的事情。炭和灰燼彷彿擁有意志一般，開始聚集在一處。

「閃遠一點。」

在場的人都服從了諾特的命令。

有什麼東西從洞穴站了起來。灰燼一邊捲起漩渦一邊聚集起來，化為人的身影。立體的影子彷彿投影在空間一般。

影子暫時看著這邊，但沒多久後飛到了城牆外——最後終於看不見了。

伊茲涅的雷擊穿破的洞穴裡，只剩下金屬大杖。

「沒能殺掉他嗎。」

後方傳來聲音，因此我轉頭一看，只見毫髮無傷的修拉維斯站在那裡。

諾特咂嘴一聲。

「你這傢伙，為什麼沒來助陣？」

修拉維斯用冷靜沉著的模樣走近散發出殺氣的諾特。

「你不明白那傢伙隻身闖入這種地方，也不打算殺掉你，一直慢吞吞地戰鬥的理由嗎？暗中活躍的術師已經不是以你們為目標。而是國王的血親。他是打算把我引誘出來殺掉吧。所以我才沒有出現。」

「難道不是因為**你怕了**嗎？要是你來助陣，說不定就能擊斃他了啊。」

「是嗎？我的攻擊終究是物理性的。要是腦部被貫穿、被雷擊轟得稀巴爛也能再生的話，就算我來助陣也沒有意義。那老人就是算準這點，才會跑進這種陷阱裡頭來吧。」

沒有任何人反駁。修拉維斯從毀壞的城垛俯視濕原。

「北部軍似乎離開了。這次就留下王朝軍的士兵，我們也撤退吧。受到那種程度的損傷，暗中活躍的術師應該也不會立刻回來。」

「是喔。那我們就去休息啦。」

諾特這麼說，與伊茲涅一同撤離。羅西一邊在意著這邊，同時踩著輕快的腳步追在他們後面。快崩壞的廣場上只剩下我、潔絲與修拉維斯。

「那個，修拉維斯先生。」

潔絲在我旁邊用變尖的聲音這麼呼喚。

「什麼事？」

「豬先生他……腹部……」

修拉維斯快步地走向我這邊，彎下身看向我的腹部。

「這個瘀青……」

（瘀青怎麼了？）

「不會錯的。跟殺了爺爺大人的詛咒是一樣的東西。爺爺就是因為這個黑色瘀青侵蝕全身才死亡的。」

修拉維斯在手上變出金屬圓盤，然後將圓盤擺在我的眼睛旁邊。上面映照著形狀彷彿陽隧足的黑色瘀青在豬的側腹蔓延開來的模樣。瘀青的面積比手心還大，在我們這樣看著時也慢慢地不斷擴張範圍。宛如惡寒一般不快的疼痛，開始在那個地方發麻地主張起來。

（沒有方法……可以治療嗎？）

「……爺爺大人是被那種詛咒殺害的。」

修拉維斯重複同樣的內容。我明白了他想說的話。這種詛咒打敗了梅斯特利亞最偉大的魔法使，這樣還有誰能處理它呢？

「怎麼會，不可以，因為……」

潔絲坐倒在地面，將手放到我的背上，淚眼汪汪地訴說。

我也還無法置信。沒有真實感。我會死嗎？在這種地方？

（我可以忍受疼痛。能不能只挖掉有瘀青的地方，然後再生？）

我這麼提議後，隨即竄起一陣劇痛，那股疼痛很快就消失了。但宛如惡寒般的疼痛仍未消失。

「沒用的，潔絲。要是那樣能治好，爺爺大人應該也早就砍掉右手了。」

「修拉維斯先生，求求您，請您救救豬先生。」

「能救他的話，我也想救啊。」

…………

沒有任何人說一句話。在逐漸恢復寧靜的夜晚中，光是聽著也讓人感到難受的潔絲嗚咽聲開始響起。

（潔絲，別哭了。為什麼要對這種豬這麼認真——）

「因為……豬先生是我的第一個朋友。」

潔絲一邊抽泣，一邊用含淚的聲音說道。

（如果是像潔絲這樣的女孩，要交多少朋友都不是問題啦。放心吧。）

「不是的，因為……不是的。豬先生總是陪伴在我身旁，替我著想……所以……………」

這是理所當然的吧。因為妳是我力推的對象啊。

疼痛不停地逐漸擴大。伊維斯好像撐了一陣子，但我的詛咒進展得很快。是因為魔力的差異嗎？疼痛已經逼近到頸部了。

「豬先生不是有位超絕可愛胸部又不會太大而且個性宛如天使一般的女友嗎。要是您死掉了，您的女友絕對會很悲傷。所以……所以，您不可以死。」

超絕可愛胸部又不會太大而且個性宛如天使一般的少女，在眼前淚流不止。說得也是啊，要是有這樣的女友，一定會替我的死亡感到悲傷吧。

（我沒跟妳說過嗎？我在這個世界死掉的話，可以回到原本的世界喔。在這裡死掉反倒能夠更快見到女友。）

潔絲大吃一驚似的瞪大了雙眼。

「原來……是這樣嗎？」

（所以說，妳用不著代替那女孩感到悲傷喔。）

「可是我覺得非常悲傷。」

（妳真是溫柔呢。）

「不是那樣的，我是不希望您死掉……我怎樣都不願意看到您死掉。」

我就連站立都感到難受，我彎起腳趴到地面上。疼痛開始侵略四肢了。

「不可以，豬先生！」

潔絲抱住我。可以看見修拉維斯的腳立刻轉向旁邊。

「求求您，請不要再從我這裡奪走重要的人……」

潔絲的聲音聽起來並非對我說，而像是朝著遠方某處、說不定是朝著在厚厚雲層對面拓展開來的星空說的。

當我回過神時，天空已經變明亮了。可以看到雲層裂開，紅色的朝陽從遠方照射過來。

疼痛已經消失了。難道說……

潔絲放開了我。眼前的修拉維斯依然面向旁邊。

（修拉維斯！剛才那面鏡子可以再借用一下嗎？）

我站起身這麼說道，於是修拉維斯面向這邊。

「潔絲！」

修拉維斯尖銳地吶喊。我連忙轉過頭看，可以看到潔絲在我後面像是將身體拋向石板一般倒落在地。她閉上雙眼，手貼著腹部，看似痛苦地呼吸著。

修拉維斯猛然倒抽一口氣，他掀起潔絲的衣服，讓腹部露出來。只見那裡……

烏黑的網眼圖案密密麻麻地在那裡蔓延開來。

難道說潔絲代替我承受了詛咒嗎……？

這次換我驚慌起來了。

（潔絲，振作一點！）

「嗚……嗚嗚……」

潔絲微微地睜開眼睛，只用嘴露出微笑。

「太好了……豬先生痊癒了呢……」

騙人的吧。喂喂喂。我可沒聽說喔。不管怎麼想，應該都是我在這裡死掉收尾的發展吧。

怎麼會這樣，潔絲她……騙人的吧？

（不行啊，潔絲，怎麼會……妳不可以死啊。）

「您真是溫柔呢。」

不對。不是那樣。妳在說什麼傻話啊。

（妳不是有個很重要的人嗎？妳想要回想起來吧。在想起來前死掉沒關係嗎？）

詛咒的瘀青用宛如紙張燃燒起來般的速度竄升到潔絲的頸部，將魔掌伸向她小巧的下巴。修

拉維斯驚慌失措地游移著視線。不知該如何是好，呆站在潔絲身旁的我。

「死亡的時候有人陪伴在身旁、替我感到悲傷，光是這樣我就很幸福了。」

潔絲闔上眼皮，淚水滑過她的側臉，掉落到石板上。

「我的重要之人，果然還是當作是豬先生吧。」

黑色網眼圖案越過潔絲的下巴曲線，開始侵蝕她的臉龐。詛咒不停地滲入她纖細的手臂，還有曾經那麼漂亮的腿部。

騙人。如果會變成這樣，至少讓我告白一次……

（潔絲，妳聽我說，我——）

這時，潔絲稍微睜開了眼睛。她的雙眼寄宿著領悟到什麼事的光芒。

——我終於明白鑰匙很大的理由了。

美麗的褐色眼眸只看著我。她說什麼？

潔絲的雙眼看似開心地閉上，那眼皮推下了更多淚水。

詛咒的瘀青毫不停歇地一口氣蔓延開來，覆蓋住潔絲的全身。

我無計可施。

緊緊握住的那隻小手，就這樣被漆黑的網眼圖案覆蓋住，失去力量輕輕地鬆開了。

斷五章　重要的……

夜空中的美麗繁星俯視著我。我雙手合十，閉上了眼睛。

——求求您。我實在無法獨自一人以王都為目標前進。

——感覺非常寂寞、非常可怕，我無法忍受。

——所以拜託了。懇請您幫忙。

——請將願意陪我一同旅行、願意幫助我的人帶到我身邊。

祈禱了自私任性的願望之後，我睜開眼睛。

這時，發生了令人難以置信的事情。

一個、兩個……十……二十……

大量的流星同時開始劃過了天空。

然後在隔天，我——

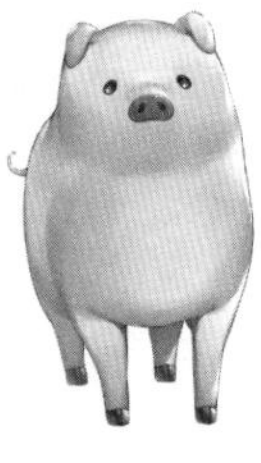

第五章　失憶故事中的戀情不會實現

葬禮的氣氛實在過於沉重。

一具棺材孤伶伶地擺放在寬廣的金之聖堂裡。在聖堂裡的人類只有馬奎斯、維絲、修拉維斯這親子三人，還有混入了一隻礙事的豬。但我不能不參加葬禮。畢竟是恩人，這是理所當然的。

國王馬奎斯沒有特別表露出什麼感情，平淡地進行流程，葬禮很快就結束了。根據修拉維斯所說，光是要指揮維持梅斯特利亞便已經很辛苦，卻還多了北部勢力的侵略、來自不死身魔法使的攻擊這些操心事，國王夫婦似乎操勞到頭都要禿了。所以葬禮也只能盡量從簡。

那是在風和日麗的晴天傍晚的事。我回想起在這裡最初的別離。跟那時一樣，強烈的夕陽從彩繪玻璃照射進來，將色彩鮮豔的圖像投影在昏暗聖堂的地板上。我仔細地觀察，才首次注意到。彩繪玻璃上畫著蒙主寵召，看來很溫柔的女性。

「詛咒的痕跡似乎不管怎麼做都沒有消失。聽說要把遺骸燒到剩骨頭。」

在葬禮後的回程，修拉維斯平淡地這麼說道。我與修拉維斯正沿著用雕塑裝飾、寬敞且漫長的白色大理石石階往上爬。王都是覆蓋著山的石造城市。從石階上回頭看，能夠瞭望到針之森陰暗的綠色在灰色街景的更底下擴展開來。

（……一般不會燒掉嗎？）

「沒錯。我小時候曾有一次，在儀式中看到拜提絲大人的遺骸……我還記得她的遺骸沒有乾枯也沒有腐朽，鮮明到驚人地保留了她生前的模樣。」

修拉維斯的說話速度比平常快。說不定是想要逃避死亡。我也陪他閒聊。

（可是，她是一百多年前的人吧？）

「沒錯。但是，強力的魔法有時甚至超越死亡……當然，一度死亡者後來復活的例子，扣掉像你這種情況，倒是一個也沒有呢。」

是因為在葬禮之後嗎？修拉維斯細心地這麼補充。

（有讓人不會死的魔法對吧。就像那個暗中活躍的術師一樣。）

「看來是那樣。但到底是怎樣的魔法，似乎仍毫無頭緒就是了。」

修拉維斯嘆了口氣，繼續說道：

「不過，得知了敵人特性這點是很大的收穫。那個老人被某種魔法守護著，無法以物理性的破壞殺掉。還有老人的詛咒會在比較近的距離施加。分析了被留下來的大杖後，聽說那把大杖只有被施加物理性的強化魔法與簡單的變形魔法。王冠石城的石板與地面有大杖通過的洞穴貫通著。那招攻擊並非無視空間。他必須經由什麼東西來接觸，否則無法施加詛咒。換言之，雖然被打中就會死，但可以想對策讓攻擊不會命中。」

修拉維斯像是在對我說話，但一直注視著前方講個不停。他似乎在靠自己整理思維。我覺得他是個認真的傢伙。

（結果那個老人的目的不是諾特，而是想殺掉王朝的魔法使啊。）

「應該是那樣吧。他不會因物理攻擊死亡，從他的角度來看，諾特根本不構成任何威脅才對。他想殺人的話隨時都能動手。他的目的肯定是先穩紮穩打地減少王朝的棋子。」

修拉維斯轉頭看向聖堂那邊。

「——然後，他早已經成功。」

（原來如此啊。）

沉默。修拉維斯總算看向這邊。

「豬，要不要去一下潔絲的房間？」

（可是她還——）

「沒問題的。我有東西想給你看。」

我在修拉維斯的帶領下，兩人一起前往潔絲的房間。放著書桌的居室空無一人。窗戶是開著的，風靜靜地吹進房間。裡面有擺放著床鋪的寢室。

潔絲在那裡平靜安穩地沉睡著。

（她還沒醒來嗎？）

「畢竟沒有前例。誰也不知道她何時會醒。」

修拉維斯瞥了潔絲一眼，這麼回答。潔絲的睡臉已經不見詛咒的瘀青。

坦白說，那是奇蹟似的巧合。在潔絲的身體被詛咒覆蓋後沒多久，潔絲發生了脫魔法。脫魔法這種現象被稱為**魔法使的蛻皮**。包括本人的魔法在內，所有魔法都會在那時變成白紙。潔絲中的遲效性死亡詛咒，在她脫魔法時很輕易地消滅了。

「我認為並非巧合就是了。」

修拉維斯這麼說道。

（啥？）

「是我的內心獨白。脫魔法是由於急速的魔力高漲，會突發性地發生在年輕魔法使身上的現象。潔絲的魔力會在面臨死亡時高漲起來，正是因為有你陪在她身邊的關係吧。她確信被封印的記憶就是與你的回憶，於是希望能在死前恢復記憶，即使只有一瞬間也好，因此產生了巨大的魔力波動，為的就是解除爺爺大人的封印魔法。所以才會在那個時間點發生了脫魔法。」

原來是這樣嗎。

（該不會你爺爺是預期到這件事……？）

「天曉得。真相已經在棺材之中。馬上會變成灰燼。」

修拉維斯與我離開寢室，回到了居室。修拉維斯關上寢室的門。

「……不過如果是爺爺大人，即使早就料到也不奇怪吧。」

具備卓越的先見之明的國王。由於他的死亡，梅斯特利亞再度進入紛亂的時代。

不過這也是為了用我們的手重新改寫這個失敗世界的第一步。

（那麼，你要說的事情是什麼？）

「嗯，你先坐下吧。」

修拉維斯指著地板，自己則坐到潔絲的讀書椅上。你是超級虐待狂的王子殿下嗎？

我老實地坐到地板上後，修拉維斯從潔絲的書桌上拿出一本書。是深褐色的皮製裝訂，大概文庫本大小。

「你看得懂這裡的文字對吧。看看內容吧。」

修拉維斯這麼說，將那本書打開第一頁後放在我面前。

託潔絲魔法的福，我在使用梅斯特利亞語這方面並不費力。

漂亮的黑色鋼筆字點綴在奶油色的內頁上。似乎是日記。

王曆一二九年　七之月　七日

所謂的記憶非常不可靠。我心想必須找個確切的地方留下回憶才行，因此開始寫日記。

今天早上感覺像是第一次醒來一樣。有一連串令人驚訝的事情，讓我的腦袋陷入混亂。可以確定的是我在不知不覺間到達王都，變得能使用魔法，而且居然是以國王孫子的未婚妻身分被迎接進來。這是我想都沒想過的厚待，我感到非常開心。但總覺得我好像忘記什麼重要的事情。就好像有書籤夾在腦海中不知道的場所，讓我感覺非常焦躁。

國王告訴了我，是因為有不能說的理由，才封印了我的記憶。

修拉維斯沒有動手，用魔法翻動了幾頁。

七之月　一四日

今天第一次學會了用魔法移動東西。比想像中簡單。

關於旅途的事情，果然還是怎樣都無法回想起來。我只記得不可以忘記這點，卻忘記了照理說應該要記得的事情。感覺非常痛苦。伊維斯大人明明是深思熟慮又非常溫柔的人物，為什麼會做這麼殘酷的事情呢。

他又翻動幾頁。

八之月　一日

從這個月開始，可以學到創造東西的魔法了。為此首先要學習東西的構造。想到這世界不曉得是多麼複雜的構造，我有一點頭暈目眩。

我在自習時不小心打了瞌睡，作了奇怪的夢。是在陰暗的森林當中，有某位人物陪伴在我身邊，跟我約定會一直在一起的夢。我非常開心，就在我思考該怎麼道謝才好時醒了過來。我獨自一人看著書。

他一次翻動了許多頁。

八之月　二八日

今天成功創造了吸素。就跟學到的一樣，只要給予吸素之風，火焰會變得非常明亮。感覺我的身體靠吸素在活著，與火焰靠吸素在燃燒有些相似。兩者是否有什麼關連呢？明天來調查一下。

夜晚，看到美麗的星空，不知何故眼淚掉了出來。這是為什麼呢？但總覺得這件事無論怎麼調查，都不會知道答案。

稍微翻動幾頁。

九之月　三日

今天是接續之前操作水的練習。水實在是難以捉摸，我陷入苦戰。

就在我苦惱不已時，維絲小姐帶我到能瞭望遠方的王都最上層。聽說馬奎斯先生創造的龍就是從這裡起飛著陸。景色非常美麗。

一看到基爾多利方向的山脈，眼淚又掉了出來。最近我老是在哭。我心想差不多該堅強一點才行。

十幾張內頁一口氣翻動起來。

一〇之月　九日

前往尼亞貝爾的期間沒辦法寫，這是久違的日記。真的發生了許多事情。實在無法在這裡全部寫下來，因此只記錄一件事。

昨天突然有一隻豬先生來到我面前。聽說他明明是一位男性，卻不知何故變成了豬。是一位不可思議的人物。他知道許多事情，感覺他似乎也認識我。雖然他本人否認了。

豬先生在尼亞貝爾之戰時拚命地保護了我。那時豬先生讓我坐上他的背，不知何故，眼淚在那時也溢了出來。跟看見星空和山脈時一樣，是一種不可思議的感覺。

聽說豬先生今後也會陪伴在我身旁。

修拉維斯拿起日記，放回原本的場所。

「雖然也有幾頁只寫著關於學習的內容，但潔絲就像這樣老是在寫關於你的事。很感人吧。」

修長的腿在我面前換邊蹺起。

「……你覺得到底會有誰想娶這樣的女孩當老婆？」

摻雜著嘆息的聲音讓我抬起頭。

（你打算解除婚約嗎？）

修拉維斯搖了搖頭。

「說到底，我們根本沒訂定正式的婚約，不過……一方面也是為了顧及潔絲的立場，現在我並不打算解除這個關係。因為在爺爺大人已故的現今，可以將潔絲維繫在王朝的，就只有她要跟我結婚這個口頭約定而已啊。」

（那你為什麼要讓我看日記？）

「我也跟潔絲一樣，是個孤獨的人啊。陪我閒聊一下也無妨吧。」

修拉維斯在濃密眉毛底下的雙眼並沒有笑。但他的嘴巴笨拙地笑了。感覺他是在勉強自己打造出開朗的氛圍。

（你在煩惱應該怎麼面對潔絲啊。）

「沒錯。」

修拉維斯停頓了一會兒後，接著說道：

「老實說，如果能跟像潔絲這樣的女性在一起，我很樂意那麼做。那麼認真、熱情，而且個性善良的人很少見吧……胸部也不會太大呢。」

咦……？你說什麼？

我目瞪口呆，於是修拉維斯漲紅了臉。

「剛才那是玩笑話。是該笑的地方。」

你也太不會開玩笑了吧？害我有一瞬間以為找到了同志，白開心了一下。

修拉維斯咳了兩聲清喉嚨，開口說道：

「回到正經的話題上吧。關於潔絲的今後，有一件事我想先決定好。」

（什麼事？）

「是關於記憶的事。潔絲引發的脫魔法，不只解除了暗中活躍的術師的詛咒，甚至就連爺爺大人最後施加在潔絲身上的封印魔法都解除了。所以潔絲下次醒來時，恐怕應該會恢復所有記憶。」

原來如此……的確是這樣。

（這樣有什麼問題嗎？）

「變成那種情況時，你，還有潔絲，真的維持現在這樣就好嗎？你認為潔絲繼續當我的未婚妻就好嗎？」

…………

（伊維斯在臨死前叫我回去。他要我在應該歸去前陪伴在潔絲身旁，在應該歸去時回到原本的世界。他說不那麼做的話，我就一輩子都無法回去了。我無法永遠陪伴在潔絲身旁。）

我稍微迷惘了一會兒後，斬釘截鐵地傳達。

（要是我消失了，我想拜託你照顧潔絲。所以麻煩你維持現在這樣。）

修拉維斯的眼神看起來像是感到迷惘。

「是嗎。那樣的話，父親大人有一個提議。」

他看來心神不定似的又換邊蹺腳，大大嘆了口氣。

「**封印**記憶是只有爺爺大人才能使用，非常高難度的魔法，現在已經沒有任何人能夠施加。但如果是消除記憶的話，是從平常就會對耶穌瑪和王都居民進行的事情。父親大人和母親大人，還有就連專門的王都居民都能施加這種魔法。」

我起了豬皮疙瘩。

（……也就是說要消除潔絲的記憶嗎？）

「我的意思是也有那種可能性。與你共度的記憶實在太過沉重，不應該讓潔絲背負一輩子。如果你會消失不見，別回想起來一定比較好吧。在你離開後到封印記憶為止，潔絲形同廢人。只要消除記憶，潔絲就不用嚐到那種滋味了。」

修拉維斯大大地吐了口氣。

「但跟封印不同，被消除的記憶一輩子都不會恢復。就算你再怎麼後悔，也無法讓記憶復原。而且也不會像封印那樣，記得『曾經發生過什麼』。」

我想起書籤的話題。

——假設記憶就像一本書，我目前的狀態感覺就像是從離家後到開始在王都生活為止的頁面都濕掉並黏在一起。但是裡面牢牢地夾著一張書籤，只剩下「一定要再回顧那段內容」這種心情殘留下來……

要比喻的話，消除記憶就是撕掉內頁丟棄吧。被夾在裡面的書籤也會一起丟掉，所以也不會被那張書籤折磨。

我想起潔絲的日記。雖然很高興她像那樣想著我的事情，但另一方面，明明如此卻無法陪伴在她身旁的辛酸化為荊棘刺向豬心。我回到日本的話，那種痛苦將會持續到潔絲死亡為止。

倘若能乾脆當作沒發生過的話。

如果能當成我跟潔絲並沒有相遇過的話。

我從未想像過我的人生居然會有這種像是純愛小說一樣的選項。

但是，答案已經決定好了。我來梅斯特利亞並不是為了跟潔絲打情罵俏後再回去。對吧？這是當然的。我是為了讓潔絲獲得幸福、為了完成還沒做完的事，才回來這裡的。

我下定決心，向修拉維斯傳達。

（幫她消除吧。把伊維斯封印起來的記憶全部消除掉。）

修拉維斯低喃了一聲「是嗎」，讓嘴角更往上揚。這次是真正的笑容。

「聽你這麼說，我就放心了。我很清楚你的覺悟與對潔絲的心意了。我去向父親大人進言，**請他千萬不要消除記憶吧。**」

那一晚，在天空開始明亮的日出前，潔絲醒來了。在床鋪旁邊蜷縮成一團睡覺的我，被潔絲「嗯嗯……」的聲音叫醒了。

在昏暗的房間裡，睡衣裝扮的潔絲默默地從床上站起身，拿了銀色小盒子與大大的金色鑰匙回來。潔絲用嚴肅的表情站在我面前。

「那個……豬先生。」

（怎麼了？）

「可以請您叼著這把鑰匙，把鑰匙插進這個小盒子的鑰匙孔嗎？」

潔絲蹲下讓膝蓋跪地，身體稍微彎向前，將鑰匙遞給我。是讓人看著就感到擔憂、單薄的白色女用睡衣裝扮。如果是明亮的房間，可能就出局了。

（呃……感覺會看到很多部分，要不要等妳換好衣服再說？）

「我不能等了。求求您。」

我心想要是潔絲把身體更向前彎就慘了，因此我連忙用嘴巴接過了鑰匙。跟前端相比之下，握柄做得很大，即使是豬的嘴巴也能輕易叼住——倒不如說，感覺這是一把為了讓豬也能拿而打造的鑰匙。

——我終於明白鑰匙很大的理由了。

潔絲代替我承受詛咒時說的話閃過腦海裡。在覺悟到會死亡的時候，潔絲想起了這把鑰匙的事情。

服裝不成體統、頭髮凌亂的少女，將小盒子遞出到身體前等候著。我走近那邊，看向她的臉。清澈的褐色眼眸筆直地回望著我。

「……求求您，請您快點過來。」

潔絲將鑰匙孔朝向這邊，把盒子更往前地遞向我這邊。我前進一步，笨拙地將鑰匙對準鑰匙孔。

有一種奇妙的緊張感。

我慎重地將鑰匙插入。小盒子發出喀嚓一聲的柔和聲響打開了。

潔絲細心地打開蓋子，立刻拿出裡面的東西。裝在裡面的是被折疊起來的淡綠色領巾，以及玻璃項墜。

潔絲透過玻璃看著項墜。她濕潤的眼眸中映照著豬與少女的影像。

潔絲用顫抖的手將項墜戴到脖子上。玻璃的記憶觸摸胸口柔軟的肌膚。

「我全部想起來了。」

小小的聲音這麼說了。

「這是伊維斯大人在與我最後一次交談時給我的盒子與鑰匙。他告訴我這盒子只有與被封印的記憶深深相關的人物才能打開。」

（封印解除了啊。）

我一邊這麼傳達，一邊將鑰匙放在地毯上。特地打造了即使是豬也能叼起來的鑰匙，這是伊

維斯的溫柔吧。

「那個……我不曉得這種時候該說些什麼才好……」

潔絲緊緊地握著領巾，用彷彿蚊子叫聲的音量說道。

的確是這樣。要是能說些貼心幽默的話就好了，但在這時說「請不要吃我」什麼的也不對吧。

我將內心的想法原封不動地傳達給潔絲。

（又見到面了呢。）

潔絲濕潤了雙眼，一言不發地點了點頭。

——對不起，要是發出聲音，感覺好像會哭出來。

（我也一樣，要是發出聲音，感覺好像會叫（註：此處的「哭」跟「叫」在原文中發音相同）出來啊。）

這不合時宜的玩笑讓潔絲綻放笑容，露出牙齒。但從她喉嚨傳出的不是笑聲，而是嗚咽。

「豬……先生……」

潔絲像是要用雙手包住似的碰觸我的豬頰肉，將額頭推到我的額頭上。細長的睫毛在眼前淋濕。嗚嗚的哭泣聲透過骨頭傳遞過來。

「……您果然會陪伴在我身旁呢。」

聽到她用顫抖的聲音這麼說，我忍住快哭出來的情緒。

（我覺得要分別還有點太早了嘛。）

從睫毛前端掉落的水滴在我的鼻子上破碎。

「……太過分了。」

那聲音像是從喉嚨深處擠出來一般。我彷彿遇到鬼壓床一般無法動彈。

「為什麼……為什麼您之前要離開呢？」

這直率的問題讓我說不出話。

（這……我說過了吧。在伊維斯面前只能那麼做啊。）

我的回答根本一點也不直率。

「豬先生明明無論何時都不會放棄，一直支持著我，為什麼……」

我無話可回抽泣的潔絲。

潔絲用額頭磨蹭著我堅硬的頭蓋骨。

「我以為已經一輩子都無法見面，這讓我有多麼難受，豬先生明白嗎？」

（抱歉……）

「而且，從我們再會之後也是……您假裝不認識我……為什麼您能做出那麼殘酷的事情呢？照理說您明明知道我是抱持怎樣的心情，試圖想起豬先生的事情呀……」

這是有原因的——這話我說不出口。凡事都有原因吧。這是在問我是否要把那原因當成藉口。

（是我不好。比起潔絲的心情，我把自己的事情擺優先了。）

「沒錯，是豬先生不好。全部都是豬先生不好。我一直——」

接下來的話我什麼也沒聽見。

潔絲沒有放開我的臉頰，就那樣將額頭按在我的額頭上，大聲地哭了起來。我在潔絲的氣味包圍下，深切地體會著總算見面了的真實感，只能默默地流下淚水。

用過早餐後，總算冷靜下來的潔絲帶領我到實驗室。實驗室就像是挖通岩石打造出來的洞窟，分成架上陳列著各種東西的房間，與擺放著石造桌椅的簡單房間。從小窗戶照射進來的光芒與掛在牆上的魔法提燈，昏暗地照亮粗糙的內部裝潢。

「豬先生不在的三個月期間，我一直在這裡練習魔法。」

碰觸著石桌的潔絲已經換上白天的裝扮。頭髮和衣著都整整齊齊。

「怎麼了呢，豬先生。您比較喜歡睡衣裝扮嗎？」

（怎麼可能，又不是變態……還有別看我的內心獨白啦。）

潔絲呵呵笑著，將手上拿的玻璃杯放到桌上。

「我一直很想炫耀。希望有人可以看到我已經學會這麼多事情了……可以拜託豬先生嗎？」

聽到她很開心似的這麼說，我點了點頭。

（當然好。我也很想看看呢，除了散播燃料讓它爆炸以外的魔法。）

「呃……那個姑且算是我練習了最多次的魔法耶……」

聽到潔絲有些鬧彆扭似的這麼說，讓我感到在意。

（為什麼妳那麼勤奮地練習那個魔法？）

「因為，我想變強。」

怎麼講這種好像少年漫畫的主角會說的話……

「妳要靠自己的力量獲得幸福——總覺得好像有人這麼對我說過。所以我練習了許多能夠保護自己的強力魔法。」

（……原來是這樣啊。）

在這麼不講理的世界中，究竟是誰跟她說要靠自己的力量獲得幸福這種話呢？真是個不負責任到極點的傢伙啊。

潔絲看來很開心似的將玻璃杯擺在手上。無色透明的液體從杯底湧現出來。

「這個是水。」

潔絲將手朝向那邊，於是杯子輕飄飄地浮起，移動到我的正上方。

「就像這樣，我已經學會了不用碰觸也能移動東西喔。要操縱有形的東西並沒有那麼困難。」

我有種不祥的預感。隨後，潔絲稍微傾斜了手，在我的正上方翻倒杯子。裝滿杯子的水灑落到我上面——我以為會這樣而縮起耳朵，結果水在我的鼻頭上方捲起漩渦飄浮著。

「我也稍微學會怎麼操縱無形的東西了。」

潔絲張開雙手，於是在我上面捲著漩渦的水變成細長的水流，沿著潔絲的周圍呈螺旋狀開始轉動。被水幕包圍的少女踮起腳尖，宛如芭蕾舞者一般轉了一圈。細長的金髮輕舞飛揚。水化為細長的水滴，最後消失無蹤。

「豬先生，您嘴巴一直張開著喔。您看入迷了嗎？」

聽到她像在惡作劇似的這麼說，我閉上嘴巴。

（真厲害呢……好漂亮。）

「謝謝您的讚美。還有其他魔法喔。請看。」

潔絲彷彿小孩一般興奮雀躍，同時表演了許多魔法給我看。把水加熱，讓水在轉眼間沸騰的魔法。點燃酒氣——也就是乙醇，製造出橘色火焰的魔法。點燃介於酒氣與水之間的物質——恐怕是甲醇——來製造出暗藍色火焰的魔法。

「這個昏暗的火焰呢，只要摻入鹽的同伴，就能調製成各種顏色。」

潔絲彷彿實驗教室一般這麼說明，同時將在桌上燃燒的好幾道火焰染成紅色、黃色、綠色、藍色、紫色。在昏暗的實驗室裡緩緩搖晃的各色火焰，讓潔絲的褐色眼眸閃閃發亮。

（真漂亮呢……好厲害的技術。學習魔法開心嗎？）

潔絲大大地點頭。

「是的！這個世界很厲害喔。簡直就像有人思考了規則一樣，連細微東西的構造都一絲不苟地決定好了。學得愈多，就愈能把那些規則當成自己的東西來活用……」

看到一臉興奮似的熱烈演說的潔絲，我可以確信。潔絲果然不是只當個奴隸就好的女性。我認為她應該會成為出色學者的預測並沒有猜錯吧。

（照這樣努力下去，感覺妳很快就能成為獨當一面的魔法使呢。）

儘管一臉開心似的害羞起來，潔絲仍緩緩搖了搖頭。

「不，這種程度還只是入口而已。這個世界有花上一輩子也學不完的事情。就算只是魔法書，圖書室也有看不完的數量……而且聽說還有光憑現在的理論無法解釋的世界……」

我說不定很久沒看見感覺這麼開心的潔絲了。

（太好了呢。看妳過得似乎很充實，我放心了。）

「嗯，我學得非常開心。」

潔絲活潑地這麼回答後，稍微降低了音調。

「……那個，雖然剛才說了很不講理的話，但我自認其實很清楚的。我明白我現在擁有的幸福，都是多虧了豬先生……我知道豬先生選擇離開梅斯特利亞，也是為了讓我像這樣待在這裡所必要的事情。」

潔絲消除火焰，看向了我。

「請讓我重新向您道謝。真的非常感謝您。」

潔絲恭敬地一鞠躬。

「……還有，非常對不起……我剛才有些亂了分寸……」

突然收到感謝與謝罪，讓我困惑不已。

（不……沒關係啦，妳能像那樣直率地將感情傳達出來，以我的立場來說也比較高興喔。不直截了當地說出來，就無法傳達給沒修過女人心的阿宅。）

「這樣子嗎……」

潔絲這麼低喃，然後走到我這邊，將膝蓋跪在地上，與我四目交接。

「那麼，再讓我說一件事就好。」

（好……什麼事？）

「我已經不要緊了。我會按照豬先生告訴我的，靠自己的力量獲得幸福給您看。我會努力地讓自己縱使不依靠豬先生，也能好好地活下去。」

（……那真是太好了。）

我還在想她不知會說什麼，心跳加速了一下，但聽到她這麼說，我就放心了。這下等完成使命後，我也能毫無牽掛地——

潔絲突然用力地緊抱住我。

「所以說豬先生，求求您……請您哪裡都別去。」

實驗室的門打開，打破了這陣沉默。

「哎呀……失禮了。」

維絲的視線注視著與豬互相擁抱的潔絲。潔絲連忙放開了我。

「對……對不起，那個，這是……」

明明沒有做任何壞事，卻有種奇妙的罪惡感。王子的母親對我露出「幸好你是豬的模樣呢」這種感覺的微笑。

「潔絲，我一直在找妳喔。」

「抱歉，因為我突然想練習一下魔法……」

維絲看向我。

（是真的，我們沒做任何虧心事……）

維絲將手貼在嘴上，優雅地笑了笑。

「我明白的喔。我並不是來責怪你們待在這種地方。」

維絲露出嚴肅的表情，看向潔絲。

「伊維斯大人的遺體明天就要火葬了。因為潔絲沒能參加葬禮，趁今天去道別一下如何呢？」

我與潔絲接受提議，前往金之聖堂。祭祀王家祖先的神聖建築物，位於從潔絲生活的內宅走下長樓梯的地方。那是在黑色石頭上施加金色裝飾的巨大聖堂，應該是不會看漏的吧。

聖堂裡除了我們兩人以外，沒有任何人在。據說王都居民平常是不能進入的。潔絲在巨大的圓頂天花板底下，朝著伊維斯的棺材雙手合十。我也在旁邊低下頭。

潔絲閉上雙眼祈禱了相當長一段時間。

「我們走吧。」

潔絲這麼說，朝聖堂的正面玄關邁出步伐。潔絲緩慢的腳步聲與豬用四隻腳走路的腳步聲迴盪在寧靜的聖堂內。

「伊維斯大人是一位非常不可思議的人物呢。」

（是啊。）

「感覺他似乎預見了所有事情。」

我抬頭仰望潔絲。

（比如說？）

「最顯著的例子是我的記憶。雖然伊維斯大人沒有告訴我為什麼封印了記憶……但在我受到詛咒時，豬先生在我臨死前想說出真相，伊維斯大人給我的鑰匙成了提示，讓我確信豬先生就是書籤先生，為了解除記憶的封印拚命掙扎的結果，發生了脫魔法……假設這些都在伊維斯大人的預料之中，我現在像這樣活著，也等於是託伊維斯大人的福。」

（的確是這樣啊。實際上，我認為他就算有考慮到這一步也不奇怪。）

「那樣偉大的人物，一直容許耶穌瑪這種結構的存在呢。」

聽她這麼說，我思考起來。伊維斯絕對不是欠缺想像力。也具備偉大的力量。儘管如此，在多方考量後，他還是讓耶穌瑪這個種族一直存在於梅斯特利亞。可怕的是這個國家的結構嗎？還是說，是這個世界本身呢？

——你的社會也是一樣吧。只要有人類存在，必定會有誰遭到迫害。

我想起伊維斯說過的話。

（潔絲對這個國家的結構有什麼看法？）

我這麼問，於是潔絲稍微低下頭。

「我認為照這樣下去是不行的。但是……」

（也不知道是否可以破壞現在的結構呢。）

「對。或許……根本沒有答案也說不定呢。」

（或許是那樣。正因如此，去懷疑現狀、不斷思考答案才很重要吧。）

我們到達了玄關。潔絲伸手打開金屬製的沉重門扉。

潔絲轉頭看了看棺材後，將視線落到我這邊，露出微笑。

「說得也是呢。如果能稍微讓世界變得更美好就好了呢。」

潔絲說有東西想順便讓我看，帶領我到在聖堂旁邊擴展開來的墳場。

現在還是上午，沒有人在。在爽朗的陽光照射下，開始變冷的秋風吹撫著地面。白色、黑色、灰色的墓碑整齊地並排在摻雜了綠色與淡褐色的草地廣場上。

「那個，豬先生……可以問您一個奇怪的問題嗎？」

潔絲沿著像是踏腳石的通道緩緩前進，同時這麼說了。奇怪的問題？

（……什麼事？）

「呃……豬先生說最近交到了超絕可愛胸部又不會太大而且個性宛如天使一般的女友這件事……是真的嗎？」

我心想原來是這種事嗎，並看向潔絲。

（那當然是謊言啦。那樣的女性根本不多見，就算真的有，也絕對不可能跟四眼田雞的瘦皮猴混帳處男在一起吧。）

「這樣子嗎……」

是被她發現我一直在看嗎？潔絲將左手悄悄地舉到胸前。

「啊，在這邊。」

潔絲停下腳步，指著純白的墓碑。墓誌銘是金色文字。

耶莉絲長眠於此

八四～一二四
卡西之妻，且是伊絲與潔絲之母

「我找到了我媽媽的墳墓。」
修但幾勒。妳——
（潔絲，原來妳是伊絲的妹妹嗎？）
「咦，伊絲……啊！」
這樣啊，從發現這個墳墓後到今天為止，她關於伊絲的記憶都被封印住了。即使記憶無法連結起來也不奇怪。
伊絲。諾特永遠不斷嚮往的女性。在五年前遭到殺害、許多人認為跟潔絲感覺很相似的耶穌瑪。我不覺得這些都是巧合。
（難怪諾特差點真的愛上潔絲啊。想不到居然是妹妹。）
「……我嚇了一跳。」
（這個叫卡西的男人——潔絲的父親找到了嗎？）
「不……雖然我調查過，但找不到條件符合的人……」
（是嗎，真遺憾啊。）
所以沒有嚴謹的證據，可以證明這墳墓說的伊絲是否就是諾特五年前遭到殺害的心上人啊。

也有可能是同名的別人。不過。

（嗳，潔絲，這個曆就是所謂的王曆對吧。）

「是的。在梅斯特利亞，是使用從拜提絲大人統一這塊土地那年開始持續下來的『王曆』。」

（現在好像是一二九年嗎？）

我不會說在哪看到的就是了。

「對，是那樣沒錯……」

（潔絲的媽媽耶莉絲是在一二四年過世，也就是五年前。諾特的心上人伊絲遭到殺害的時間也是五年前。）

「也就是說在伊絲小姐遭到殺害那年，我媽媽過世了嗎？」

（沒錯。當然也無法完全捨棄只是巧合的可能性……）

但假如是真的，事情很大條啊。

——他個性武斷，又出乎意料地極端。是會將巴普薩斯的修道院整個燒光的人。

我想起修拉維斯說的話。潔絲她知道嗎？燒掉修道院的就是——

「嗯，我有聽說是馬奎斯大人燒掉修道院的。」

…………

（妳不要緊嗎？）

「什麼不要緊呢？」

（因為……如果這是那個伊絲，妳的姊姊就是被馬奎斯害死的喔。而且說不定是因為那件事的影響，讓妳連母親都失去了啊。）

潔絲露出為難的表情笑了笑。

「可是，在我的記憶裡面，完全沒有關於家人的事情……所以事到如今我才感到氣憤什麼的，感覺也不太對。」

（是這樣子的嗎？）

「就是這樣子的。當然諾特先生應該絕對無法原諒馬奎斯大人吧……」

靠修拉維斯與我的機智成立的同盟、有不死的魔法使這個共通的強敵——儘管存在這些重要因素，也不能忘記王朝與解放軍潛藏著致命性的決裂可能性。王朝是為了維持魔法使以耶穌瑪這種制度為根本的統治而戰，解放軍則是為了讓那些耶穌瑪自由而戰。

然後，解放軍首領諾特的心上人死亡的原因，可以歸咎到是現任國王馬奎斯燒掉修道院一事。現在的同盟是將轉眼間就會七零八落的磁鐵硬湊在一起。

（要是有什麼好辦法就好了。希望有可以讓王朝與解放軍一直和平相處的結構。）

潔絲讓秀髮隨風搖曳，同時開口「啊」了一聲。

「這麼說來，我曾聽說馬奎斯大人有一位叫做荷堤斯先生的弟弟。」

（是這樣嗎？那跟解放軍有什麼關係嗎？）

「不，雖然我沒有聽說詳情……但聽說荷堤斯先生反對伊維斯大人和馬奎斯大人的方針，在五年前從王都消失無蹤了。假如他在的話，說不定是一位能夠連結起王朝與解放軍的可靠人物呢。」

她說五年前？該不會……

「嗯，我想恐怕就是修道院那件事。」

（那個叫荷堤斯什麼的，沒有希望找到他嗎？）

「不曉得他是否已經過世，或是改變了模樣……據說赫庫力彭的監視網也沒看到他，消息完全不明。」

等等喔。

有兩個謎題顯現出奇妙的一致。

諸位注意到了嗎？要當成是巧合置之不理，實在太過剛好的某件事實。

——據說在一百多年前的暗黑時代——魔法使們還在戰鬥的時代，魔法使會使用他們的力量，把人變成禿鷲來當間諜，或是把人變成肥胖的海豹給予懲罰。

存在著把人類變成動物模樣的魔法。

——聽說是五年前在諾特先生去奪回伊絲小姐的旅途中相遇的。聽起來有一點不可思議呢。

我想起瑟蕾絲說的話。五年前，與諾特奇蹟似的相遇了的**那傢伙**，比任何人都更常陪伴在諾特身邊的**那傢伙**，異常聰明、很像人類的**那傢伙**。不知何故對修拉維斯顯示出興趣的**那傢伙**。

說不定是偶然。但是，我忍不住想去確認。

（潔絲，我們要做的事情決定了喔。）

「是什麼呢？」

潔絲興致勃勃地在我面前蹲下。

我一邊看著她的內褲，同時被神祕的自信包圍著。

（說不定可以找到荷堤斯。我們要去見牠——去見那隻變態狗，羅西。）

後記（第二次）

好久不見，我是逆井卓馬。從第一集完成後過了五個月。雖然讓各位久等了，不過第二集也得以順利出版。能像這樣推出續集，都是多虧了閱讀《豬肝》，並幫忙推廣、支持本作品的各位讀者。真的非常感謝大家。

因為有四頁可以寫後記，我想一開始先來稍微介紹一下我推薦的書籍。介紹時帶有很大的偏見。總共有六本作品。

首先是《聲優廣播的幕前幕後》——這是由二月公老師執筆的超熱血工作小說。辣妹與陰沉女這種合不來的兩名女高中生聲優，很不幸地必須一起搭檔主持廣播節目，兩人在吵個不停的同時，認真地去面對聲優這份工作。光是看兩個女孩子鬥嘴也十分有趣，但她們彼此隱藏著夢想和憧憬，同時拚命想當個聲優的模樣，能夠讓人跟著熱血沸騰，而且真的能讓人打起精神。大力推薦。

接著是《今夜、世界からこの恋が消えても》——這是由一条岬老師執筆，絕對會讓人感動

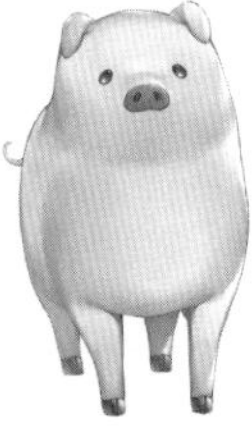

不已的青春小說。每天逐漸喪失記憶的少女與非常體貼他人的少年假扮成情侶……雖然是以這種感覺開場，但並非普通的戀愛故事。劇情發展出人意料。溫柔又苦悶的故事讓我不禁嚎啕大哭。（真的會看到哭，所以可能別在電車裡閱讀比較好。）看完之後，會讓人想要珍惜現在的溫暖作品。這本書也是大力推薦。

第三本是《そして、遺骸が嘶く —死者たちの手紙—》——這是由酒場御行老師執筆，精闢犀利的戰爭小說。主角是負責返還遺物的年輕士兵，他會將戰死的士兵遺留下來的物品拿去交給遺族，在重複這些行為的過程中，露骨到不能再露骨地深入探究「人類」與「死亡」。閱讀本書時的體驗就彷彿在觀賞電影一般，同時內心會受到強烈的震撼，不是什麼悲傷或百感交集那種層次而已，無疑地是一部衝擊作品。這本書也是全力推薦。

第四本，《こわれたせかいの むこうがわ ～少女たちのディストピア生存術～》——這是由陸道烈夏老師執筆，可愛的反烏托邦小說。從廣播的教育節目學到生存方法的孤獨少女，與真面目不明的淘氣少女，嘗試逃離感覺不太妙的世界。身為主角的女孩們非常惹人憐愛，但總之世界觀相當沉重。（雖然這麼說相當狂妄）感覺跟豬肝也有很多共通點，熱血的訊息深深打動了我的心。非常大力推薦。

第五本是《少女願うに、この世界は壊すべき　～桃源郷崩落～》——這是由小林湖底老師執筆，設定相當豐富的戰鬥小說。世界觀相當特殊且獨特，甚至就連概述都無法在這裡寫完，但個人很喜歡主角。是個甚至讓人覺得神清氣爽的變態。（而且不知何故，偶爾會全裸。）此外還有傲嬌的狐耳女主角會登場，所以不可能什麼事都沒發生。戰鬥描寫帥氣，喜劇又有趣，是一部非常歡樂的作品。超絕大力推薦。

最後是《オーバーライト——ブリストルのゴースト》——這是由池田明季哉老師執筆，熱情洋溢的解謎小說。這是以作為藝術的Graffiti（即畫在牆壁上的塗鴉）為題材的故事，舞臺在英國。把人生賭在藝術上的角色們真的充滿魅力。尤其是女主角。超不妙超可愛。跟女主角無法分割開來的「覆寫（overwrite）」這個主題也非常精彩呢。解讀塗鴉的解謎也是節奏明快，充滿趣味。卯足全力推薦。

這六本書跟豬肝同樣都是第26屆電擊小說大賞的得獎作品。在這份名單中還會加上由豬來當主角的打情罵俏奇幻故事，我認為實在是充滿了多樣性。請大家今後也務必多多關照電擊小說大賞的得獎作品和得獎作家。（你誰……？）

順帶一提，在後記刊登這份推薦作品清單還有另一個理由。在意細節的人說不定已經注意到了。

不小心花了比想像中更多的篇幅在介紹書。接下來我想聊點稍微像是後記的內容來結尾。

從豬肝第一集出版那時起，世界有了很大的變動。在攸關生死的大混亂之中，形形色色的人主張著各種意見，還發生了國家等級的對立。光是這樣也很不得了，但從平常就潛藏著的惡意和一如往常的自然災害仍然沒有要歇止的跡象。

雖然這是在重複以前說過的話，但在這種時代，我們每一個人能辦到的事情十分有限。要改變巨大的潮流，絕對不是一件簡單的事情。但要說我們完全無能為力嗎？我認為也並非如此。

當然，豬肝並不是試圖傳達「這種時候能做些什麼呢」的小說。終歸只是有一點色色的打情罵俏奇幻故事。不過，描寫沒有任何特殊能力的豬先生在劍與魔法的世界活躍的模樣時，有好幾個瞬間，我都會心想「這跟自己的人生不是毫無關係喔」。因為我本身在現實世界也是軟弱無力。

「人類是會思考的豬」——帕斯卡有這樣一句名言。（並沒有。）

我認為我們人類是透過不斷思考，才能發揮真正的價值。正因為會不斷思考，沒有放棄去想像，才能夠在異世界跟美少女打情罵俏之類的。

那麼，一直不斷思考著色色事情的豬先生，之後會變成什麼樣子呢？

希望各位能再奉陪一下他們充滿風波與危險的故事。

二〇二〇年七月　逆井卓馬

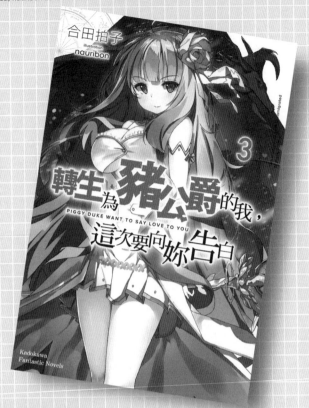

打倒女神勇者的下流手段 1~6（完）

Kadokawa Fantastic Novels

作者：笹木さくま　插畫：遠坂あさぎ

亞莉安、瑟雷絲和莉諾的攻勢愈來愈激烈……
真一選擇的答案究竟如何？

女神的威脅已去，和平造訪世界——事情並未如此，失去信仰對象的人類社會亂上加亂。沒有勇者使得魔物四處肆虐、國際情勢詭譎。白精靈們的相親問題、殘存女神教腐海化、莉諾沒有同世代朋友等，難題堆積如山……下流參謀的異世界攻略記最後一幕！

各 NT$200~220/HK$67~75

國家圖書館出版品預行編目資料

豬肝記得煮熟再吃/逆井卓馬作；一杞譯. -- 初版. --
臺北市：臺灣角川股份有限公司, 2021.05-
冊； 公分
譯自：豚のレバーは加熱しろ
ISBN 978-986-524-421-7(第1冊：平裝). --
ISBN 978-986-524-768-3(第2冊：平裝)
861.57 110003671

Kadokawa
Fantastic
Novels

豬肝記得煮熟再吃 第2次

（原著名：豚のレバーは加熱しろ（2回目））

2021年9月16日 初版第1刷發行

作　者：逆井卓馬
插　畫：遠坂あさぎ
譯　者：一杞
發 行 人：岩崎剛人
總 編 輯：蔡佩芬
編　輯：邱璦萱
美術設計：莊捷寧
印　務：李明修（主任）、張加恩（主任）、張凱棋
發 行 所：台灣角川股份有限公司
地　址：104台北市中山區松江路223號3樓
電　話：（02）2515-3000
傳　真：（02）2515-0033
網　址：www.kadokawa.com.tw
劃撥帳戶：台灣角川股份有限公司
劃撥帳號：19487412
法律顧問：有澤法律事務所
製　版：尚騰印刷事業有限公司
ISBN：978-986-524-768-3